코르넬리우스 반 혼이 그린
여러 나라의 지도

얼음 나라

혼

웅갈릴

망다르그 산맥

아마조네스 나라

캉다아   바살다   소금 바

시랑란

코라카르 나라   뮈지달

베르도안

붉은 강 나라   해 뜨는 제국

오팔 하

신밧드 섬

거인들의 섬

오르배라고 불리는

얼음 바다

바일라바이크

싱-리

크시안-진

바위투성이 사막

동굴 나라

카라컬

월란

크시낭

비취 나라

뢰키스

비취 해안

닐랑다르 왕국

흑진주 해협

연꽃 나라

알리자드

연꽃 해협

항신료 섬

코모도 섬

셀바 섬

키눅타 섬

미지의 큰 섬

오르배
섬의
비밀

Le Secret d'Orabae_le voyage de Ziyara

오르배
섬의
비밀

2

지야라의 여행

프랑수아 플라스 지음ㅣ공나리 · 김용석 옮김

솔

일러두기

- **굵은 글씨**와 고딕 체로 표기된 단어와 표현들은 프랑수아 플라스의 상상의 세계에서 창조된 조어들입니다. 작가는 사물이 지닌 본성과 그 속에 담겨진 신비성을 기초로 한 독특한 표현을 통해 작가 고유의 세계관을 보여줍니다.
- **굵은 글씨** 단어들은 책 뒤편의 낱말 풀이에서 의미를 찾아보실 수 있습니다.
- 책 앞뒤의 지도는 소설에 등장하는 지도들입니다. 지도와 함께 코르넬리우스와 지야라의 여행길을 따라가볼 수 있습니다.

도시국가 강다아의 위쪽에는 험준한 산악지대가 펼쳐져 있
다. 그곳 바위투성이 언덕 위로는 마을 하나가 골짜기 구석구석
덩굴손이 뻗어가듯 단단히 자리 잡고 있다. 일 년 중 세 달 동안
소리 없이 눈이 내리는 이 마을에는 고작 백여 명의 주민들이 담
을 사이에 두고 오밀조밀 모여 살고 있다.

바로 이곳이 호밀밭과 밤나무 숲 사이를 맨발로 뛰놀며 내가
자랐던 마을이다.

온 산을 휩쓸고 다니는 말괄량이에 투덜대기 좋아하는 여자
아이였던 나는 사내아이들과 토닥대며 하루를 보내곤 했다. 사
내 녀석들과 달리기를 하면 매번 그 애들을 이겼다. 녀석들은 내
웃음소리를 좋아했지만, 내가 이를 드러내고 웃다 행여 물지나
않을까 조심하는 눈치였다. 바위에서 바위를 날아다니는 건 내
유일한 낙이었다. 그렇게 나는 무너져 쌓인 돌무더기를 따라 가

장 높은 산등성이까지 기어올랐다. 그럴 때면 숨이 턱밑까지 차올랐고 더 이상 숨을 참을 수 없게 되면 그 자리에 털썩 주저앉아 먼 바다를 가만히 바라보며 시간을 보냈다. 저 먼발치, 엷은 보랏빛으로 뿌옇게 물든 산 아래쪽에서 캉다아가 저물어가는 하루의 마지막 햇빛을 받아 눈부시게 빛나고 있었다.

나는 괜히 목을 길게 내밀어보기도 하고, 눈살을 찌푸려 보기도 했다. 독수리와 솔개들처럼 하늘 높이 날고 싶었다. 하지만 산골 소녀들에게는 날개가 없다. 소녀들은 빵 반죽 속에 자신의 꿈을 넣어 질식시킨다. 불씨를 쑤셔 불을 피울 때는 열정을 넣어 태워버린다. 침대 시트를 빨면서 욕망을 익사시킨다. 이 모든 일이 언제나 저 손바닥만 한 하늘 아래서 벌어진다니!

나는 하얀 돛들로 뒤덮인 먼 바다를 하염없이 바라보았다. 오직 천둥과 폭풍우, 그리고 아버지의 목소리만이 나의 발길을 집으로 돌렸다. 아버지의 목소리는 온 계곡을 뒤흔들 수 있을 정도로 우렁찼다. 마을의 족장인 아버지는 마을 공동 창고의 열쇠를 관리하는 책임을 맡고 있었다. 그의 위풍당당한 모습만으로도 가난한 우리 마을에 있던 공동 방목장에서 발생하는 여러 다툼들이 해결되곤 했다. 마을 사람들 모두 아버지의 정의감과 강인한 모습에 존경을 표했다. 나 또한 아버지가 가슴 깊은 곳에서 끌어올린 우렁찬 목소리로 내 이름을 불러 젖힐 때면 곧장 자리를 털고 내려갔다. 사내 녀석들은 내가 벼락같이 화내시는 아버지를 무서워해서 그런다고 빈정댔지만, 난 그저 아버지의 마음을 맞춰드리고 싶었다. 왜냐하면 이 다정한 마음을 가진 거인은 나를 때리려고 손을 치켜 올린 적이 단 한 번도 없었기 때문이다.

열다섯 살이 되던 그날, 나는 캉다아의 **대귀항 축제**에 데리고 가달라고 아버지를 졸랐다. 아버지는 해마다 봄이 되면 이 축제가 열리는 곳으로 꿀과 밀가루를 가득 짊어진 암노새 무리를 인도해야 한다.

아버지는 문간 옆에 앉아 가죽으로 만든 마구를 정성스레 닦고 있었다. 나는 당시 아버지의 몸짓 하나하나를 또렷이 기억한다. 그날은 유난히 햇살이 밝게 빛나는 조용하고 따뜻한 날이었고, 아주 먼 곳에서는 급류 소리가 들려오고 있었다. 어머니가 문 주위에 모습을 드러내자 아버지는 어머니 쪽으로 몸을 돌렸다. 어머니가 두 눈을 깜빡하는 것으로 내 뜻에 동조해주셨다. 그제서야 아버지도 승낙해주셨다. 나는 달려가 두 분의 품 안으로 뛰어들었다.

대귀항 축제 날이 되자 어머니는 내 머리칼을 땋아주셨고 양쪽 귀에는 어머니가 지니고 있던 은 귀걸이를, 목에는 어머니의 가장 아름다운 목걸이를 걸어주시며 봄처럼 환한 미소를 지으셨다. 그리고 내 손을 잡아 이끌며 당신 앞에서 한 바퀴 돌아보게 하셨다. 우리는 마주보고 웃음을 터트리다가 갑자기 서로 가만히 바라보았다. 어머니와 나, 얼마나 웃었던지 얼굴이 빨개져 있었다.

마당에는 짐을 실은 노새들이 떠날 채비를 하고 있었다. 아버지는 어머니의 이마에 입을 맞추고 나서, 나를 맨 앞에 서 있던 암노새의 등에 앉혀주셨다. 발굽은 밀랍칠로 윤을 내고, 방울과 붉은 술 장식으로 한껏 치장한 아름다운 흰색 암노새였다. 아버지는 한 손에 노새의 고삐를 잡고서 출발을 재촉하기 위해 혀로 소리를 내며 출발 신호를 보냈다. 우리는 오솔길을 따라 이 마을 저 마을로 이동했다. 생전 처음 보는 사람들이 아버지에게 인사하러 왔고, 따님 미모가 대단하다며 칭찬을 늘어놓았다. 나로서는 그들이 말하는 대상이 바로 나라는 사실을 이해하기 위해 무척 애를 먹었다.

잠시 후 어떤 사람들이 우리와 합류했는데 그들이 데리고 가는 동물들 때문에 우리 행렬은 더 길어졌다. 고집이 세 보이는 노새들은 종종걸음을 내딛으며 앞으로 나아갔고, 등에 짊어진 바구니에는 터질 듯 짐이 가득 담겨 있었다.

아침 나절에 산을 다 내려와서 계곡 쪽으로 접어들자, 하얀 둥근 지붕들로 눈부시게 빛나고 있는 캉다아가 보이기 시작했다. 아버지는 높은 성벽 아래에 몰려든 사람들을 헤집으며 우리가 지나갈 수 있도록 길을 내셨다. 일단 실어온 물건들에 대한 세금을 걷는 입시세入市稅 납부소를 지나자 아버지는 뜨거운 햇볕을 부드럽게 누그러뜨려주는 큼지막한 천들이 팽팽하게 드리워진, 미궁처럼 좁은 골목길 안쪽으로 우리를 인도했다. 지나가는 아이들이 다가와 머리를 곤추들고 귀를 쫑긋 세운 노새들의 목덜미를 쓰다듬자 한껏 흥이라도 났는지 몸을 푸르르 떨었고, 박자를 맞추듯 따각따각 소리를 냈다.

우리는 아케이드 형태의 물품 창고로 둘러싸인 광장에 이르렀다. 그리고 어느새 거대한 시장으로 향한 입구로 떠밀리듯 들어갔다. 동굴 같은 그 어슴푸레한 빛 속으로 빨려들어가 본 경험이 없다면, 캉다아가 얼마나 부유한 도시인지 도무지 상상할 수 없을 것이다. 기름 항아리들과 술통들이 줄줄이 늘어서 있고, 황금빛이 감도는 곡식 자루들은 산을 이루고 있었다. 각종 콩류는 물론이고 향신료 가루들과 말린 과일 향기로 넘쳐나는 바구니들도 가득했다.

우리가 가져온 바구니들을 내리느라 인부들이 분주한 동안, 몇몇 관리들은 내용물이 무엇인지 장부에 적고 있었다. 그것들은 각각 최고 품질을 자랑하는 특등품 밀가루 사십 부아소*, 깊

---

* boisseau. 곡물을 재는 옛 용량 단위로 약 13리터.

칸다아에 도착한 지야라

은 향이 나는 꿀 십 뮈*, 그리고 산에서 채취한 향신료용 허브 열 두 바구니 등이었다. 아버지는 물건을 옮겨준 사람들에게 돈을 지불하고 나서 내 손을 잡았다. 나는 우리가 지나온 산골 마을 오솔길에서 그랬던 것처럼 이 커다란 도시에서도 이 길 저 길을 위풍당당하게 누비는 아버지의 모습에 마냥 감탄했다.

우리는 **해군 사령부 공원**을 찾아 길을 나섰다. 이 공원에는 아주 먼 나라들에서 들여온 온갖 종류의 기이한 동물들과 희귀한 식물들이 있었다. 예를 들면 제 몸에 난 가지들로 스스로를 복제하는 나무가 있는데, 그 나무는 잔가지들을 땅에 드리워 그곳에 뿌리를 내린 후, 다시 튼튼한 줄기가 되어 마치 다른 나무인양 땅에서 솟아올랐다. 또 크기도 엄청나서 우리 마을의 모든 집들이 그 나무 한 그루 아래에 모두 들어갈 수 있을 정도였다. 나는 공원 안에 있는 모든 것들이 보고 싶었다. 그래서 수시로 아버지의 옷소매를 잡아당겼고, 공원 오솔길가에 있는 동물 우리 이곳 저곳을 뛰어다녔다. 메다모티** 지방의 나팔 앞에서 깜짝 놀라 어안이 벙벙해졌고, **신밧드 섬**의 올빼미-원숭이들이 거드름을 피우며 이를 잡고 있는 모습에 배꼽이 빠지도록 웃음을 터트리기

---

* muid. 옛날의 용량 단위로 술의 경우는 268리터, 곡물 따위는 1,872리터.
** Medamothie. 이 지명은 프랑수아 라블레의 소설 『팡타그뤼엘Pantagruel』에서도 찾아볼 수 있다. 팡타그뤼엘 일행이 방문했다는 이 섬은 상상의 나라를 지칭하며 그리스어로 '그 어디에도 없는 섬'이란 뜻.

도 했다. 아버지는 거듭 감탄하는 나의 모습을 보며 덩달아 즐거워하셨다. 시간이 쏜살같이 지나 우리는 공원을 나와서 항구에서 열리는 축제를 구경하기에 좋은 자리를 잡으려고 걸음을 재촉했다. 마음이 들떠 어쩔 줄 몰랐다. 마침내 대귀항 축제를 보러 가게 되다니!

수많은 사람들이 항구로 향하는 계단을 내려가고 있었다. 아버지는 평소대로 걸어갔지만, 위풍당당함이 느껴지는 그의 앞에서 사람들은 알아서 길을 터주고 있었다. 그날은 모두가 여유가 넘치는 기쁨의 날이었다. 그 누구도 즐거움과 행복한 마음을 감추려 하지 않았다. 사람들은 모든 사람에게 미소를 건넸고, 기쁨에 겨워 서로 손을 잡거나 어깨동무를 하고 있었다. 사람들 무리가 거리로 쏟아져 나올 때 나는 아버지의 손을 꼭 쥐었다. 흥겨운 분위기에 온통 정신이 팔린 나를 아버지는 옆에 꼭 붙들어두셨다.

캉다아, 일곱 바다의 진주,

캉다아, 세상에서 가장 멋진 신부,

캉다아, 맛의 세계로 향한 문!

해마다 봄이 되면, 캉다아 사람들은 진귀한 향신료들을 가득 싣고 돌아오는 선단의 귀항을 축하한다. 도시 전체가 노래와 춤으로 들썩이는 가운데 사람들은 '**노인들의 빵**'을 맛볼 수 있다는 기대에 가득 차 있다.

노인들의 빵은 아무 때나 맛볼 수 있는 것이 아니다. 사람들은 며칠 동안 벌어지는 축제에 앞서 오래전부터 이 빵을 준비한다. 밀가루와 꿀을 혼합해 만든 반죽에 세상 저 끝에서 가져온 향신료들을 첨가하여 여러 날에 걸쳐 숙성시킨다. 이렇게 미리 준비해둔 향기롭기 그지없는 새 반죽에 정성스럽게 효모 한 조각을 더한다.

그런데 이 효모는 아주 아주 오래된 것이라는 점에서 특별하다. 자그마치 백 년이나 되었다. 이 빵이 '노인들의 빵'이라는 우스꽝스러운 이름을 갖게 된 데는 바로 그런 이유가 있었다.

이 빵을 만들려면 먼저 반죽을 잘 주무른 다음, 여러 덩어리로 나누어 흑단나무로 만든 통 속에 가만히 놓아둔다. 칠흑 같은 밤처럼 깜깜한 요람 속에서 일 년 내내 잠들어 있는, 마치 어머니처럼 너그럽고 잠자는 숲 속의 공주처럼 신비한 이 반죽 안에는 헤아릴 수 없이 많은 꿈들이 똬리를 틀고 있다. 수개월 동안의 발효와 숙성 과정을 거치면서 반죽은 꿈처럼 한껏 부풀어 올라 빵의 맛을 좌우한다. 그리고 축제 전날 동틀 무렵, 밀가루 반죽은 '백색 부인들의 성'으로 옮겨진다. 빵을 굽는 거대한 화덕이 있는 이 건물의 둥근 지붕을 특이하게 생긴 굴뚝들이 에워싸고 있는 모습을 보고 사람들은 이곳을 백색 부인들의 성이라고 이름 붙였다. 한낮에 불어오는 미풍이 향기를 조금이나마 미리 맛보게 해준다. 아니, 정확하게 말하자면 지난해에 열린 대귀항 축제의 향기인 셈이다.

해가 저물기 직전, 갈색빛과 황금빛이 어우러진 거대한 빵 덩어리가 백색 부인들의 성에서 운반되어 나온다. 이 빵 덩어리가 지나가는 내내 그 향기가 온 도시에 퍼져나간다. 산골 마을의 밀가루는 혀와 미각을 매혹시키는 섬세한 식감을 느끼게 해준다. 원산지가 멀면 멀수록 향이 짙어지는, 향기로운 섬들에서 온 갈색의 자극적인 향신료는 입안에 들어가기도 전에 후각으로 먼저 그 위력을 발휘한다. 한 번이라도 그 빵을 맛본 사람이라면 누구든지 그 맛을 잊을 수 없다고 한다.

맛의 궁전 저장고에는 빵의 일부가 언제나 저장되어 있다. 캉다아에서는 빵의 맛에 따라 한 해의 명칭을 푸른 아니스*의 해, 강한 생강의 해, 잠든 아름다운 세 여인들의 해 등으로 부른다.

이 빵은 예사로 맛볼 수 있는 보통 빵이 아니다. 파도치는 물보라의 향이 감돌고, 황금빛 태양의 색채를 띤 이 양식 덕분에 캉다아는 대지와 대양의 정령들과 교감할 수 있는 것이다.

---

* anis. 나무 열매의 일종. 맛이 부드러워 전통적으로 사탕, 과자, 술의 풍미를 돋우는 데 사용되었다.

황금빛으로 잘 익은 빵은 보자기로 감싼 상태에서 천천히 식혀야 한다. 그런 다음에 매우 정성스럽게 **대선장**이 타고 있는 배의 갑판 위로 옮겨진다. 그리고 그 빵을 맛볼 권리를 누리려면 조용히 세 번의 징소리를 기다려야 한다.

첫 번째 징소리가 울리면, 빵은 수천 조각으로 잘려 모든 이들에게 건네진다.

두 번째 징소리가 울리면, 빵을 입안에 넣는다.

세 번째 징소리가 울리면, 사람들은 소원을 빌면서 빵을 맛본다.

나도 사람들 무리에 섞여 부두에 서서 빵을 맛볼 기회를 기다리고 있었다. 어슴푸레 땅거미가 내리더니 계피*와 육두구** 향기가 공기 중으로 퍼져나갔다. 초롱불을 밝힌 수많은 나룻배에 둘러싸여 항구의 정박지 한가운데 자리하고 있던 선단의 거대한 배들은 마치 새끼를 돌보는 어미 짐승처럼 보였다. 최고 상선을 이끄는 대선장은 노인들의 빵의 첫 조각을 바다에 바치는 의미로 물속에 던져 넣었다.

첫 번째 징소리가 울리자, 쥐죽은 듯 고요한 가운데 수천 조

---

* 세계에서 가장 오래된 향신료 중 하나로 계수나무의 뿌리, 줄기, 가지 등의 껍질을 벗겨서 말리거나 껍질을 벗기지 않고 건조시킨 가느다란 가지를 말한다.
** nutmeg. 향신료로 쓰이는 씨. 톡 쏘는 독특한 향이 있으며 약간 단맛이 난다. 고기 및 생선요리나 제빵 재료로 사용된다.

각으로 나누어진 노인들의 빵은 배에서 배로, 옆에서 옆으로, 손에서 손으로 전달되었다. 한 사람에게서 다른 사람에게로, 가난한 사람에게서 부자에게로, 장애인에게서 어린아이에게로 전달되는 작은 빵 조각들의 여행은 이 세상에 그보다 더 우아한 몸짓도, 더 돈독한 연대 의식도 결코 없으리라는 생각이 들게 만들었다. 빵 조각들은 결코 땅에 떨어지는 법이 없고 어떤 이의 주머니 속으로 감춰지는 법도 없었다. 사람들은 제각기 빵을 받아 옆으로 건네주었다. 만약 빵이 나누어진 경로를 따라가본다면 아마 골목 구석구석 비추지 않는 곳 없이 속속들이 뻗어나가는 별빛의 이동과도 흡사할 것이다. 실제로 가장 후미진 뒷골목의 이가 들끓는 상거지들조차 빼놓지 않고 빵을 전해 받을 수 있었다.

두 번째 징소리가 울리자 아버지는 미소를 지으며 눈짓으로 내게 용기를 불어넣어주셨다. 입과 코언저리에 빵 조각을 가져다 대고 빵의 향기를 맡는 아버지의 모습에서 나는 그가 이 순간을 딸과 함께한다는 사실에 긍지를 느끼고 있음을 알 수 있었다. 아버지는 대귀향 축제에 참여하기 위해 서른 살이 될 때까지 기다려야 했다. 그 이후부터는 단 한 번도 이 축제에 빠진 적이 없다고 하셨다. 하지만 어머니는 딱 한 번 아버지와 함께 이 축제에 참여하셨다고 한다. 마을을 떠나 캉다아에 이르는 긴 여정을 좋아하지 않을 뿐더러, 사람들이 북적대는 것을 견디지 못하셨기 때문이다. 어머니는 수평선에 대한 나의 강렬한 욕망에 대해서도 못마땅하게 생각하셨다.

갑자기 갈매기 한 마리가 날아들더니 날개로 나를 가볍게 스치고 지나갔다. 지금은 알고 있다. 그때 내 팔을 타고 흘렀던 전율이 단순히 신선한 밤공기 때문만은 아니었다는 것을.

세 번째 징소리가 울리자 나는 눈을 감고 이로 빵을 덥석 베어 물었다. 처음 한입 물었을 때 폭발하는 빵의 향기와 맛은 내 모든 감각을 일깨우며 단번에 나를 사로잡았다. 이 먼 곳까지 나를 데려와 행복에 젖어 온몸이 떨려오게 만들었다. 그 행복감이 너무도 강렬해서 이 느낌이 사라져가는 것을 마냥 내버려둘 수가 없었다. 나는 한입 더 크게 빵을 베어 물었다.

바로 그때, 콩같이 무언가 딱딱하고 작은 물건이 이에 부딪치는 것을 느꼈다. 그 물건을 입에서 꺼내 손바닥에 놓고 이리저리 돌려보았다. 더 자세히 살펴보니 돌고래 모양이었다. 상아로 만든 아주 작은 돌고래.

갑자기 바람이 불어와 정박하고 있는 배들이 출렁였다. 큰 배들은 마치 뒷발로 일어선 말들처럼 닻이 당겨진 채 일렁이는 물살 위로 몸을 맡기고 있었다. 돛들은 오랫동안 펄럭거렸다. 그 바람은 머리카락을 헝클었고, 머리 위를 날고 있던 십여 마리의 갈매기들을 휘감았다. 그순간 모든 사람들의 시선이 내게 집중

되어 있음을 깨달았다. 나는 어안이 벙벙해져 돌처럼 굳어버렸다. 그때 선원 몇 명이 사람들이 터주는 길 사이로 달려왔다. 그들은 우리 옷소매를 잡아당겨 거의 던지다시피 작은 배에 태웠다. 거구의 아버지는 화가 나서 얼굴을 붉혔고, 어린 소녀였던 나는 두려움에 얼굴이 홍당무처럼 빨개졌다. 우리는 마치 죄인처럼 그렇게 잡혀갔다.

물결 때문에 몸이 이리저리 흔들렸고, 커다란 배들은 엄청나게 강력한 힘을 지닌 거인처럼 느껴졌다. 작은 배의 아래쪽에서 올려다본 큰 배는 하늘을 찌를 듯 솟구쳐 있는 돛대 때문인지 마치 꿈쩍도 하지 않고 버티고 서 있는 요새처럼 보였다. 그곳에는 **대귀항 선단**에 속하는 십여 척의 배가 줄지어 있었다. 그중에서도 제일 마지막에 위치한 가장 육중한 배가 우리 머리 위로 엄청난 높이를 자랑하며 우뚝 솟아 있었다.

배에서 밧줄로 만든 사다리 하나가 내려왔다. 우리는 지체 없이 배 위로 끌어올려졌다. 선원들이 반원 형태의 대열로 갑판 위에 서 있는 한 무리의 사람들 쪽으로 우리를 떠밀었다. 내 눈에 얼핏 보니 노인들인 것 같았다. 마치 조각상처럼 꼼짝 않고 서 있었지만 수염은 바람에 살살 흩날리고 눈살은 찌푸려져 있었다. 내색하지는 않았어도 그들이 무서웠다. 그들의 옷차림과 분위기로 보아 위대한 선장이자 도시의 귀족임을 알 수 있었다. 옷

깃과 소매를 장식하고 있는 금실로 된 단추와 자수만 보아도 충분히 알 수 있었다.

사람들은 우리에게 그 선장들 앞에서 고개를 숙이라고 명령했다. 일순간 너무 화가 났다. 하지만 아버지와 나는 뭘 어찌해야 할지 몰랐다. 머리 위쪽으로는 돛들이 끊임없이 펄럭이고, 돛이나 깃발을 올리는 데 사용하는 마룻줄들과 돛대 꼭대기에서 양 뱃전에 걸쳐 돛대를 고정시키는 밧줄이 파르르 떨리고 있었다. 무엇보다도 도시 전체가 긴장감 속에서 숨을 꾹 참고 무슨 일이 터지기만을 기다리는 것 같았다. 선원들 중 나와 가장 가까이 있던 사람이 내게 손을 펼쳐보라고 명령했지만, 그렇게 하지 못했다. 너무 겁이 난 나머지 돌처럼 굳어 있었기 때문이다. 선장들 중 하나가 마치 세찬 채찍질처럼 잽싸게 명령을 내렸다. 명령을 받은 선원이 내 손목을 붙잡고 꽉 쥐어진 내 주먹을 강제로 펼치려고 들었다. 하지만 굵은 밧줄을 다뤄온 억센 선원의 손으로도 내 주먹은 펴지지 않았다. 목이 메어왔고 눈물이 양 볼 위로 흘러내렸다. 그가 나를 아프게 했고, 손톱이 손바닥 속으로 깊이 파고 들어가는 것을 느꼈다. 그를 돕기 위해 또 다른 선원 하나가 다가왔다. 한 사람은 팔뚝을 부여잡고, 다른 사람은 손가락을 펼치려고 온 힘을 다해 잡아당겼다. 그렇게 크지도, 통통하지도 않은 내 주먹을 장정 두 명이나 달려들어 펼치려고 용을 썼다. 그렇다. 바로 그거다. 고작 어린아이에 불과한 이 작은 소녀의 손안에 어떤 보물이 들어 있는 것이다. 상아로 만든 작은 돌고래가 들어 있는 것이다. 마침내 내 손가락들이 펼쳐지자 작은 돌고래가 모습을 드러냈고, 그것을 본 모든 사람들이 뒤로 물러섰다.

분노가 물결처럼 일렁였다. 상아로 만든 돌고래…… 상아로 만든 돌고래…… 뭐라고? 상아로 만든 돌고래라고? 염소나 돌보는 이 보잘것없는 소녀의 손에 말이야? 그때까지도 얼굴을 붉히고 있던 아버지는 감히 한마디 말도 꺼내지 못했다.

그때 흰 수염이 난 노인 한 명이 내게 신호를 보냈다. 그는 가장자리에 모피가 둘러쳐진 긴 망토를 걸치고, 붉은 가죽으로 만든 신발을 신고, 깃털이 장식된 모자를 쓰고 있다. 선원이 노인에게 상아 돌고래를 내밀었다. 그러자 노인이 한층 부드러워진 목소리로 나를 안심시키려는 듯 말을 건넸다.

"자, 이리 와보거라. 무서워하지 말고 말해보아라. 여기 있는 누구도 너를 아프게 하지 않을 거란다. 그보다 먼저, 네 이름이 무엇이냐?"

아무리 산골 마을에 사는 어린 소녀라도 다짜고짜 이렇게 묻다니 너무 무례하지 않은가. 나는 몸을 돌려 아버지를 바라보았다. 내가 물음에 대답하기를 바라시는 걸까? 내게 승낙의 표시로 턱을 약간 움직여 보이셨다. 나는 아픈 손목을 비비면서 당당하게 자세를 바로잡았다. 손목 주위의 피부가 온통 퍼래져 있었다. 그리고 노인을 향해 조금은 퉁명스럽게 내뱉듯이 대답했다.

"지야라."

"지야라!"

수많은 사람들 앞에서 내 이름이 큰 소리로 불려지니 듣기가 무척 거북했다. 부두에 모여든 많은 사람들이 내 이름을 들었을까 덜컥 겁이 나기까지 했다. 여기가 아닌 다른 곳, 내가 사는 산골짜기라도 좋으니 그저 이 사람들과 멀리 떨어진 곳으로 도망치고 싶었다.

그 노인은 시끌벅적한 주변을 아랑곳하지 않고 깊은 생각에 잠긴 듯했다. 그러면서 사람들에게 뭐라고 해야 할지 아버지의 시선에서 무언가 도움이 될 만한 것이 있을까 찾으려는 듯 보였다. 하지만 아버지는 한마디도 하지 않았다. 이제 내 옆에서 당당하게 몸을 곧추세우고 서 계셨다. 더 이상 아무것도 두렵지 않았다. 아버지가 내 어깨 위에 손을 얹고 계셨기 때문이다.

"지야라…… 네가 모르고 있는 게 확실하구나. 이 물건이 무엇을 뜻하는지 말이야. 우리 도시가 처음 세워졌던 때부터 기록된 이 문서에는 이런 내용이 담겨 있다.'그 남자는…'"

노인은 기침을 하더니 입으로 손을 가져갔다. 그는 할 말을 찾는 듯 음, 음 하며 소리를 내더니 마침내 말을 이었다.

"상아로 만든 돌고래를 발견한 '사람'은, 음, 캉다아 선단의 대선장이 될 것이다."

노인은 자신의 말이 예고하는 엄청난 사실에 아연실색하며 빠르게 말을 내뱉었다. 항의하는 목소리들이 여기저기서 터져나왔다. 노인은 손을 치켜들어 웅성이는 목소리들을 가라앉혔다. 그때 나는 그 노인이 바로 대선장이라는 사실을 알아차렸다. 이 모든 배와 선원을 거느린 대귀항 선단의 최고 지도자로서 자신의 두 손에 우리 도시국가에 닥친 이 운명을 쥐고 있는 바로 그 사람 말이다.

그는 바닷물을 길어 올리라고 명령했다. 선원 하나가 갑판 위에서 밧줄에 매달린 통을 던져 물을 가득 채워 끌어올렸다. 대선장은 그 나무통 위로 몸을 기울였다. 그의 수염이 어두운 물빛에 비쳤다. 그가 상아로 만든 돌고래를 나무통 속에 떨어트리자 조그맣게 퐁당하는 소리가 나더니, 떨리듯 점점 커져가는 동그란 물결이 생겨났다. 그러자 이내 나무통 밑바닥으로 잠겨버렸다.

내 뒤에서 빈정거리는 웃음소리가 조금씩 커져가던 순간, 갑자기 물이 일렁이더니 돌고래가 나무통 물 위로 솟구쳐 올랐다. 돌고래는 말이 뒷발로 일어서듯 꼬리 위로 몸을 곧추세우더니 다시 나무통의 물속으로 뛰어들었다. 그리고는 용수철처럼 다시 뛰어올랐다가 솟아오르기를 반복하면서 놀이에 빠진 듯 무척 빠른 속도로 헤엄치기 시작했다.

상아로 만든 돌고래가 살아 있다니!

"지야라, 가까이 오너라."

대선장이 말했다.

"네 이름은 '빛을 가져오는 여인'이라는 뜻이구나. 그 이름만으로도 벌써 아름다운 징조야. 만일 네가 이 돌고래를 목걸이로 만들어 걸고 간직한다면, 거친 파도도, 드넓은 대양도 결코 너를 배반하지 못할 거야. 캉다아의 명성과 영광을 가장 높이 드높여야 할 의무는 오로지 너, 지야라, 오직 너에게 달렸다!"

그 말에 다리가 부들부들 떨리는데 갑자기 모든 사람들이 내 앞에 엎드렸다. 대선장까지도. 내겐 거인처럼 크게 느껴지던 아버지까지도……

지금도 그 순간을 떠올리면 여전히 두려움이 몰려온다.

그렇지만 나는 일곱 개의 바다와 네 개의 대양을 항해했고, 바다의 강하고 거친 물결 위에서 호흡을 가다듬는 방법을 터득했다. 하지만 지금도 찰싹이는 파도 소리는 여전히 내 가슴을 설레게 한다.

다음 날 나는 백리향*과 로즈마리** 덤불 속을 함께 이리저리 뛰어다녔던 염소들과 오솔길에 작별을 고해야만 했다. 해군 사령부로 사용되는 웅장한 건물 벽들에 둘러싸여 말라타비아 출신의 알키스에게서는 수학과 천문학을, 타르 출신의 에제보르에게서는 지도 제작법을, 대선장인 칼라방 출신의 테오지드에게서는 선박 제조와 항해술에 관련된 기초 지식을 배우게 되었다. 대선장은 나를 노인들의 빵 궁전 내부에 있는 건조용 방들로 안내해 그곳에 견본으로 보관되어 있던 빵을 맛보게 했다. 나는 그 빵들의 맛을 혀에 돋아 있는 작은 돌기 하나하나를 통해 세세히 기억함으로써 우리 도시의 유구하고 위대한 역사를 알아갔다. 향신료가 들어간 그 빵 조각들은 제각각 고유한 빛깔과 결, 그리고

---

* 꿀풀과에 속하는 낙엽관목. 높은 산이나 바닷가의 바위틈에 서식한다.
** 향초. 잎은 음식의 맛을 내는 데 쓰이며 차 같은 향이 나고 자극적이며 약간 쓴맛이 난다.

독특한 특징을 지니고 있었다. 나는 우리 도시에서도 친숙하게 맡을 수 있는 해조류 냄새, 젖은 나무 냄새, 소금 냄새와 역청 냄새를 맡을 수 있었고, 그것들과 섞여 있는, 외지의 햇살 아래에서 자란 이런저런 식물뿌리와 곡물가루, 씨앗들이 풍기는 강렬한 향기를 구별해낼 수 있었다. 함께 공부하는 친구들로는 항해사와 상인을 배출한 부유한 가문 출신의 소년들이 있었는데, 그들은 모두 나보다 훨씬 나이가 많았다. 그래서였을까? 그들 중 누구도 내게 말을 건네지 않았다.

우리가 수업을 받는 교실의 창문들은 항구 쪽을 향하고 있었다. 종이 위에서 사각거리는 나의 펜 소리는 선박들을 메어둔 밧줄들이 빚어내는 노랫소리에 화답이라도 하듯 계속 이어졌다. 난 이 상황이 좋았다. 딱히 설명하기는 힘들지만 이처럼 인내심을 요구하는 입문과정에 점차 익숙해져갔다. 마치 돛대 꼭대기까지 밧줄을 타고 오르는 법을 배우는 것처럼 모든 단계들을 한 단계씩 올라갔다. 그래도 가장 좋았던 것은 무엇보다도 바닷가로 외출할 때였다.

하지만 선원이 되기 위해서는 혹독한 훈련과정도 거쳐야 한다. 항해술을 말하는 것이 아니다. 여러 해 동안 몸을 실은 나무 선체와 하나가 되는 법, 바닥이 움푹 패인 곳에서도 똑바로 서 있는 법, 흔들리는 뱃전에 서서 수평선의 어느 한 지점을 응

시하는 법, 바람이 세차게 부는 어두운 밤바다에서 힘을 쏙 빼놓는 메스꺼움에도 굴하지 않고 냉철한 머리를 유지하는 법도 배워야 한다.

남자에게 지시를 내리거나 조종을 명령해야 하는 껄끄러운 임무가 주어졌을 때 발휘해야 하는 불굴의 단호함에 관해 말하고자 함도 아니다.

나는 사람들이 선원들을 두고 극악무도한 자들이라거나, 독한 술이나 퍼마시는 술고래들, 늘 주먹질이나 일삼고 언제든지 칼을 빼어들 준비가 된 자들이라고 흉보는 사실을 익히 알고 있다. 그런 사람들은 산골 출신의 조무래기 여자아이가 사냥개 무리 한가운데 던져졌다고 말할 것이다. 하지만 나 또한 선원들만큼이나 머리꼭대기부터 발끝까지 독하고 고집스럽긴 마찬가지였다. 또 내가 칼을 쓸 줄 모른다고 누가 그러던가? 최악의 경우에는 상아로 만든 돌고래가 나를 지켜줄 것이다. 그리고 이쯤에서 단언컨대, 혹여 내 목의 돌고래를 보기라도 한다면 사람들의 욕설이나 위협 따위는 당장에 목구멍 속으로 쏙 들어갈 것이다.

그렇게 나는 내 길을 갔고 결국 동료들의 신임을 얻는데 성공했다. 그리고 언젠가 나처럼 선박을 지휘하게 될 동기들 중 그 누구도 감히 내게 거드름을 피우며 대하는 일은 더 이상 없었다. 아니다. 오히려 가장 힘들었던 점은, 어쩌면 내가 산골 출신의 반항적인 여자아이로부터 점점 더 멀어져가고 있다는 것, 갑자기 훌쩍 커버리고 대담해졌다는 것, 그리고 아버지의 목소리가 두 번 다시 그 옛날의 폭풍우처럼 느껴지지 않을 것이라고 스스로 되뇌고 있었다는 사실이다. 왜냐하면 진정한 선원이란 애정을 쏟았던 가족과 친구들을 떠나야 하는 법이니까. 그렇게 선원들은 자신도 알지 못하는 사이에 살아 있는 사람들의 세상을 스스로 떠나고 마는 것이다.

모든 것이 너무나 빨리 진행되었다.

때가 되어 나도 역시 향신료를 얻기 위한 항해를 떠나게 되었다. 여러 향신료 섬에 도착해서는 왕이라 불리는 자들의 식탁에 초대되어 함께 식사를 하기도 했다. 낯설기가 이루 말할 수 없었다. 그 왕들에게 부를 가져다주는 원천은 주로 향료의 작은 씨앗이나 바스라질 것 같은 식물 껍질, 혹은 말린 과일들이 주는 풍성한 맛이었다. 그곳에서 이제껏 들어본 적 없는 새로운 언어들을 들을 수 있었고, 봉헌물로 가득 덮인, 그들이 섬기는 신비로운 신들에 대해 곰곰이 생각해보기도 했다. 그리고 여러 곳을 돌며 시장에서 느낄 수 있는 얼큰한 취기와 가격 흥정할 때 어김없이 등장하는 과장된 연기도 생생하게 경험할 수 있었고, 말과 악수로 성사되는 거래에 대해서도 알게 되었다. 장시간 협상을 끝낸 후, 선창이 물건들로 가득 채워지는 모습을 바라보면 뿌듯해지는 마음을 감출 수 없었다. 아울러 화물을 잃어버리지 않도록 주의해야 하고, 밧줄로 매어 확실하게 고정시켜야 한다. 물건을 갉아먹는 동물들과 험한 바람으로부터 보호하는 것은 물론이고, 흠이 나지 않도록 목적지까지 무사히 운반해야 한다.

종횡무진 바다를 누빈 우리는 매년 대귀항 축제에 때맞춰 돌아왔다. 해마다 봄이 되면 우리의 선박 수는 더욱 많아졌고 하얀 돛단배들이 대규모 선단을 이루었다. 기나긴 항해를 자랑스러워하며 제일 큰 돛대의 둥근 끝단에 이르기까지 작은 깃발들이 장식되었다.

사람들은 불룩하게 튀어나온 배의 창고에서 지금까지 보관해온 귀한 물건들을 꺼냈다. 도기 항아리, 짚으로 만든 광주리, 대마나 면으로 만든 자루, 버드나무로 만든 바구니 등 갖가지 용기에 담긴 귀한 물건들을 꺼냈다. 그것들은 주로 육두구, 사프란*, 각종 향들, 정향**, 후추, 생강, 바닐라, 계피 등과 같은 향신료들이었다. 그렇다. 그때는 참 좋은 시절이었다. 노인들의 빵은 무엇과도 비할 수 없는 신비한 맛을 냈고, 사람들은 대지의 맛, 산들바람에 흔들리는 종려나무의 맛에 열광했다. 부둣가와 골목

---

* saffron. 붓꽃과에 속하는 식물인 사프란 크로커스 꽃의 암술대를 건조시켜 만든 향신료. 요리할 때 조미료로 쓰거나 염료로 쓴다. 쓴맛, 또는 건초 비슷한 향기가 나며 음식에 넣었을 때 풍부한 황금빛을 나게 한다.
** clove. 세계적인 향신료의 하나이자 향기 치료제. 정향의 원료인 정향나무의 말린 꽃봉오리가 마치 못과 닮았다고 해서 붙여진 이름.

캉다아의 대귀항 선단을 지휘하는 지야라. 그리고 그녀의 돌고래들

길 계단에서, 테라스와 발코니에서 춤을 추는 사람들과, 매미들의 합창 소리가 울려 퍼지는 올리브나무 숲보다 더 소란스럽고 더 향기로운 도시를 바라보고 있노라면 이보다 멋진 그림이 있을까 감탄해 마지않았다.

나는 상인 가문 출신의 여러 구혼자들로부터 구애를 받기도 했다. 그들은 서로 경쟁하듯 하나같이 웅장한 대저택들로 나를 초대했지만, 정작 나는 얼떨떨해서 돌아오기 일쑤였다. 합창하듯 일제히 내게 보냈던 그들의 사심 섞인 찬사들에 진저리가 났다.

그들은 모두 착각하고 있었다. 여행을 거듭할수록 우리 선단의 배들이 오랜 항해로 녹초가 된 선체에 실어온 것은 단순히 갖가지 향기가 나는 상품이 아니었다. 비록 그것들이 귀한 물건이긴 하지만 우리 선단이 수평선 너머로 찾으러 갔던 것은 바로 바다 건너의 역사와 이야기였다. 우리는 언제나 신비롭고 다다를 수 없는 이국의 향기를 찾고 있었던 것이다. 일 년 내내 도시는 갖가지 신비한 이야기가 뿜어내는 화려한 광채로 자신의 꿈에 옷을 입힐 것이다.

그런 이유 때문에 사람들이 나를 초대하고, 내게 존경심을 표했던 것이다. 적어도 내 생각엔 그렇다. 혹은 내가 그렇게 믿고 싶은 것인지도 모른다.

그리고 내 깃발을 달고 가는 배들은 먼 바다를 항해한 캉다아의 선단이 이미 개척한 항로들보다 항상 더 멀리 가서, 이미 알려진 세상 저 너머에 있는 미지의 바다로 나아갔다.

나는 할 수 있었다. 아니 해야만 했다. 그들은 나를 믿었다. 나는 선택된 여자가 아니던가! 상아로 만든 돌고래가 선택한 바로 그 여자. 그 돌고래가 내 목에 걸려 있지 않은가! 그렇게 돌고래는 행운과 운명을 안내해주었다.

나는 등 쪽에 검은 반점이 있는 커다란 곰들이 차가운 바닷속을 헤엄치고 있는 모습을 보았다. 빙하를 따라가며 배를 쫓는 곰들의 모습은 정말이지 장관이었다. 균형 잡힌 몸짓은 우아하기까지 해서, 사나운 맹수의 본성을 찾을 수가 없었다. 헤엄도 정말 잘 쳤다.

밤낮 없이 해가 지지 않는 여름이 육 개월 동안이나 지속되는 이곳은 따뜻해진 날씨 때문에 빙산들이 바다 위를 떠다녔고, 이러한 환경은 배에 치명적이었다. 바위 위에서 뒹굴거리던 바다코끼리 무리가 하품을 하며 하늘을 찌를 것 같은 소리를 냈다. 다른 한편에서는 거대한 고래들이 갑자기 물 위로 나왔다가 꽹음을 내며 다시 물속으로 들어갔다. 그사이 일각돌고래들의 그림자가 빙하 아래로 슬그머니 지나가고 있었다. 그때 작은 배를 탄 작은 몸집의 남자들 몇 명이 두려움도 모른 채 위험을 무릅쓰고 물 위를 이리저리 빙빙 돌고 있었다. 그들 중 한 사람이 우리를 안내했다. 째진 눈에 붉은빛 광대뼈, 오른쪽 뺨에 푸른빛으로 세 개의 발톱 문신이 새겨져 있던 그는 우리 말을 할 줄 몰랐다. 그의 이름은 낭가지크라고 했다.

그곳에서 수백 마일 떨어진 곳, 빛을 발하는 따뜻한 바다에서 나는 물고기들이 무지개를 그리듯 물 위로 날아오르는 광경을 보았다. 물고기들이 갑판 위로 마치 비 오듯이 쏟아져 내려 우리는 그것들을 들통 가득 주워담기만 하면 되었다.

나는 하늘을 가리는 높은 산보다 더 큰 파도도 보았다. 수평선이 어두워지면서 팽팽하게 늘어나는가 싶더니, 갑자기 바다가 부글부글 끓어올라 소용돌이치며 물기둥을 만들어내는 모습을 본 적도 있다. 그 물기둥은 가장 강력한 전함조차도 박살내버릴 만큼 엄청난 속도로 움직이고 있었다. 돛대 꼭대기에 내리치는 번갯불도 보았는데, 초록 불빛이 배의 이쪽 끝에서 저쪽 끝으로 빠져나가면서 돛대 끝에서 탁탁거리며 타는 소리를 냈다. 그리고 내 머리카락을 곤두서게 해서 마치 떨기나무 불꽃 모양의 왕관을 쓴 것처럼 만들고 지나간 적도 있다. 눈보라보다 더 빽빽한 대형으로 날아오르는 하얀 새들로 가득 덮인 산호초들을 보았고, 무리들 간에 싸움을 일삼는 원숭이들이 떡하니 자리를 차지하고 있던 온천도 보았다. 물 아래에 통째로 가라앉은 도시들의 신비로운 그림자가 수면 아래에서 흔들리는 모습을 보았고, 밤에 인어들이 내 선실 칸막이벽 너머로 부르는 구슬픈 노랫소리도 들었다.

대귀항 축제를 위해 캉다아로 돌아왔을 때, **노인들의 빵**을 제일 먼저 자르는 선단의 대선장은 바로 나, 지야라였다. 나는 도시에 행복과 번영을 가져다주는 우리 선원들과 선단에 대해 자부심을 갖고 있었다. 도매상인들은 물론이고 벌써부터 소매상인들도 우리의 긴 여정에서 자신들이 거두어들일 이익을 계산하고 있었다. 심지어 아무 얻을 게 없는 가난한 사람들조차 우리가 보고 들었던 것들 중에서 뭔가 얻을 수 있을거라는 확신을 갖고 있었다. 왜냐하면 석회로 만든 작은 집 안에 갇혀 사는 저들에게 우리는 상상도 할 수 없는 여러 세계를 이어주는 대사와도 같았기 때문이다. 그들은 앞으로도 용연향龍涎香*의 해에 대해, 혹은 인어의 해에 대해, 그리고 사람들의 마음속 정열을 불타오르게 했던 사프란의 해에 대해 오랫동안 이야기를 나누게 될 것이다.

이러한 일들이 마지막 빵의 해, 마지막 축제의 해까지 계속되었다. 그 해는 사람들이 끔찍한 흑사병의 해라고 불렀던 바로 그

---

* 향유고래가 먹은 것 중 소화되지 않은 것을 뱉어낸 토사물이 바다 위에서 떠다니다 바닷물과 햇볕에 변하여 향 성분이 생성된 것. 고급 향수에 사용된다.

해였다. 그래도 시작은 다른 해와 별 다를 바 없이 출발했다. 우리 선단의 배들은 엄청난 수확물을 가득 싣고 이 해안 저 해안을 항해했다. 모든 사람들이 입 모아 말했듯, 그 해 노인들의 빵은 일찍이 맛보았던 것들 중에서도 가장 훌륭한 맛을 보여주었다.

마침내 소원을 비는 의식을 알리는 세 번의 징소리가 울렸다. 이어서 도시는 나 지야라가 대양을 항해하는 대선장임을 공식 선언하고 내가 여행한 곳들이 수놓인 화려한 금색 비단 외투를 하사했다. 이 기회에 선원들의 봉급도 두 배로 인상해주기로 했다. 기쁨의 환희로 가득한 그 기간이 삼 주 동안 지속되었고, 사람들은 다시 다음 원정을 준비하기 시작했다. 용골龍骨* 부분까지 심하게 손상된 배들을 부두까지 끌어와 벌어진 틈을 메우고, 선구船具를 교체하고, 새로 칠을 입혔다. 해군 병기창 건물 안에서는 사람들이 배에서 쓸 새 밧줄을 준비하고 돛들을 다시 꿰매고 있었다.

그러는 동안 갑작스런 발열 증상이 이 오래된 항구의 골목골목을 엄습하게 되었다. 시신들에는 끔찍한 병마의 흔적과 거무죽죽한 반점이 퍼져 있었다. 이 질병은 삽시간에 어항漁港으로 번졌고, 다른 구역에까지 두루 퍼져나가 각 가정에까지 밀려들었다. 남자와 여자들, 그리고 아이들까지 닥치는 대로 끔찍한 제물로

---

* 뱃머리에서 배의 뒷부분에 걸쳐 선박 바닥의 중심선을 따라 설치된 길고 큰 재목.

삼았다. 마침내 이 병은 도시의 성벽을 뛰어넘어 먼 시골 지역까지 비탄에 빠트렸다.

아버지와 어머니도 이 병으로 고지대 작은 산골 마을에서 숨을 거두셨다.

하지만 내겐 부모님을 위해 눈물 흘릴 만한 여유가 없었다. 전력을 다해 그 전염병과 싸우는 사람들이 있었고, 이미 그 병의 유일한 원인을 찾아낸 사람들도 있었다. 재앙을 견뎌내는 것만이 끝이 아니었다. 재앙의 원인을 알아냈다고 주장하는 사람들의 어리석은 행동까지도 참아내야 했다. 자고로 엄청난 재난이 있을 경우 신의 징벌을 운운하며 죄인을 찾아내려는 점쟁이나 예언가들이 어디에나 있기 마련이다.

사람들은 지난해 들여온 향신료들을 이 병의 원인으로 지목해 비난했다. 그것들은 캉다아의 하얀 밀가루와 어울리지 않게 향이 너무 강하고, 색깔도 지나치게 갈색에 가까웠다는 것이다. 이 빵은 끔찍한 흑사병 해의 빵으로 기록에 남을 것이다.

세상의 신부 캉다아!

삼백 채의 대리석 저택이 눈부신 도시!

캉다아는 세상의 모든 부가 자기 것이 되길 바라지만, 그 대가를 치르는 데에는 관심이 없다. 마치 사람들이 이제까지 먹어온 빵과 다른 빵을 맛보려 하지 않는 것과 무엇이 다르다는 말인가!

마치 내 배의 선원들이 불행의 빵을 결코 입에 넣으려 하지 않는 것처럼! 마치 그들이 난파라는 쓴 맛의 빵을 결코 맛보려고 하지 않는 것처럼!

하지만 어째서 효모가 원인이 아니라 향신료가 원인이란 말인가? 오히려 반죽을 상하게 한 것은 선조들의 원한일 수도 있지 않은가?

이례적으로 캉다아의 **현자 위원회**가 소집되었다. 위원회는 내가 기존의 해상 무역로를 벗어남으로써 전통과 관례를 모독했다고 주장했다. 나의 대담한 시도와 파렴치한 행동 탓에 도시 전체가 그 대가를 치르는 것이라고. 따라서 진행 중인 모든 일이 중단되어야 하며, 도시가 내게 수여했던 직함과 대선장의 전용 외투를 반납해야 할 것이라고. 하지만 나는 이미 크나큰 대가를 치렀다. 전염병 때문에 선원들을 잃었고, 살아남은 선원들도 혼신의 힘을 다해 도시를 살리고자 노력했다. 선원들은 밤낮 쉬지 않고 시신들을 옮겼고, 공기를 깨끗하게 만들기 위해 끊임없이 불을 피웠으며, 선단과 공공건물들을 보호했다. 그리고 모든 사람들이 그 선원들 옆에 있는 내 모습을 지켜보았다.

현자 위원회는 그러한 정황을 법적으로 인정했고, 최대한 호의를 베풀어 다음과 같은 결정을 내렸다. 위원회는 내 자신이 스스로에 대한 형을 집행함으로써 명예를 지켜주기로 결정했다.

나는 얼이 빠져 궁전을 나왔다. 마지막으로 캉디아 만을 바라보기 위해 해군 사령부 공원으로 갔고 밤이 되어서야 나는 항구로 다시 내려갔다.

그리고 **나디르호**로 돌아왔다. 나는 이 배와 함께 여러 차례의 탐험을 완수했다. 나디르호는 아름답고 멋진 범선이었다. 튼튼하고 매끄럽게 다듬어진, 우아한 선체를 뽐내는 큰 배였다. 최악의 폭풍우에도 맞설 수 있을 만큼 견고했을 뿐만 아니라, 수심이 낮은 물에서나, 심지어 암초들 사이를 교묘하게 빠져나갈 수도 있을 만큼 매우 민첩했다. 이 배 덕분에 여러 차례의 무시무시한 위험을 극복할 수 있었다. 하지만 이제는 여정의 마지막 지점에 도달하고 말았다. 독이 든 유리병이 선실 탁자 위에서 나를 기다리고 있었다. 옆에는 현자 위원회의 관인이 찍힌 양피지가 유죄 판결의 이유를 조목조목 상세하게 설명하고 있었다.

"그 판결에 따르지 마세요!"

어떤 목소리가 등 뒤에서 다급하게 소리쳤다.

깜짝 놀라 뒤를 돌아보았더니 선실 문 안쪽으로 조타수인 마테오가 모습을 드러냈다.

"부탁입니다, 따르지 마세요!"

그는 내게 손을 내밀며 말을 했다.

"저와 함께 갑판으로 가시죠."

갑판에는 나를 지지하는 사람들이 한곳에 모여 있었다. 지도 제작 전문가 제냥드르, 수석 목수 에르칼로스, 작살꾼이자 갑판장인 자디르, 작은 배들을 지휘하는 탈랑스 출신의 자존심 강한 선원 퓌에크와 오초아가 모여 있었고, 몇몇 착한 선원들이 함께 있었다. 그 가운데는 선단 전체에서 가장 뛰어난 망루지기였던 비상트 보-나페티라 불리는 자가 있었다. 그는 상어에 물려 한쪽 다리를 잃고, 나무로 만든 인공다리에 조롱이라도 하듯 자신의 별명인 '보-나페티'*를 새겨놓았다. 모두들 나와 함께 바다로 나가겠다고 맹세한 사람들이었다.

"창고는 가득 차 있습니다."

마테오가 말했다.

"식량, 식수, 교체용 돛들도 가득 준비해두었습니다. 우리 모두 닻을 올리라는 선장님의 명령만 기다리고 있습니다. 그러니 형 집행은 따르지 마십시오."

그들은 나를 뚫어지게 쳐다보며 내 결정을 기다리고 있었다. 그러한 그들에게 예전과 같은 작별도, 귀향도 없을 것임을 강조했고, 이번 여정은 끝도 없이 계속될 것임을 단호하게 말해두었다. 왜냐하면 나와 함께 떠나게 될 모든 이들은 오직 나를 추종했다는 단 하나의 잘못만으로 추방당하게 될 것이니 말이다. 더

---

* Bon appétit. '맛있게 드세요.'라는 뜻

구나 그들은 앞으로 다시는 돌아오지 못할 고향을 매일같이 그
리워하는 고통을 느끼게 될 것이다. 하지만 그들 모두 이미 마지
막 피붙이들조차 잃고 말았다는 사실을 알고 있었기에 나는 더
이상 그들에게 물어볼 필요가 없었다. 흑사병은 이미 그들에게
서 소중한 모든 이들을 빼앗아 가버렸기 때문이다. 나는 출항 준
비 명령을 내렸다.

우리는 달빛도 없는 그 밤, 칠흑 같은 어둠을 뚫고 미풍을 맞으며 출항했다. 최후의 발악을 하고 있는 듯한 전염병과 여전히 내 어깨를 무겁게 짓누르고 있던 갖가지 비난들 때문에 녹초가 되어 버린 나는 선실 안으로 들어갔고 무심결에 지도 위에 상아로 만든 돌고래를 내려놓았다. 어쩌면 이 돌고래가 앞으로 나아가야 할 방향을 알려줄지도 모른다.

 서쪽을 향해 오랜 시간 항해한 끝에 내 부적은 우리를 회색빛이 감도는 어느 섬 근처에 이르게 했다. 섬의 여러 산봉우리들은 짙은 구름에 가려져 있었다. 우리는 식량도 바닥났고 기력도 다 빠진 상태였다. 거친 바다가 성난 듯 사방으로 요동치는 파도를 일으키며 우리를 자꾸만 먼 바다로 밀어냈지만 우리는 가까스로 큰 파도가 톱니바퀴처럼 끊임없이 밀려왔다 되돌아 나가는 조약돌로 덮인 해변 근처에 닻을 내릴 수 있었다. 일행 중 그 누구도 이곳에 와본 적이 없었다. 그야말로 잊혀진 장소, 사람의 말소리가 처음으로 메아리치는 듯한 미지의 땅이었다. 숨소리조차 곧장 광활한 바람의 탄식 소리 속으로 휩쓸려 가버리는 그런 곳이었다. 숲은 비와 안개를 스카프처럼 두른 채 그 아래로 잠겨 있었고 한 무리의 검은색 펭귄들이 날카롭게 울며 바위로 이루어진 곶岬 위에 자리 잡고 있었다. 펭귄 고기는 먹을 수 있는 유용한 식량 중 하나였다. 펭귄은 사납지 않았다. 우리가 다가서도 화난 듯이 꽥꽥 소리를 내며 부리를 하늘로 쳐든 채 날개를 몸에 꼭 붙이고 몸을 좌우로 뒤뚱거리며 서너 발걸음 움직일 뿐이었다. 작살꾼 자디르의 주도 아래 선원들은 착잡한 마음으로 펭귄 사냥을 시작했다. 고기를 비축하기 위해서는 어쩔 수 없었다. 숲 위쪽으로 탐사 구역을 넓히면서 낮게 깔린 풀로 뒤덮인 능선에 이르자, 외롭게 서 있는 거대한 석상들이 눈에 들어왔다.

몇몇 석상들은 서 있었고 어떤 것들은 기우뚱하게 기울어져 있었지만, 대부분은 쓰러져 있는 상태였다. 비바람에 침식되어 곳곳이 훼손된 석상들은 풀숲에 몸을 숨긴 채 그들이 탄생했던 최초의 상태로 되돌아가고 있는 중이었다. 우리는 그 석상들의 부서진 가슴팍 한복판에서 타원형의 둥근 돌 속에 박힌 반투명의 금빛 조약돌을 발견할 수 있었다. 나는 그 거대한 석상들 중 하나를 골라 옆에 앉았다. 마치 운명을 다한 신의 머리맡에 앉아 있는 듯한 기분이 들었다. 신의 심장은 우유빛 은하수 속에 꿀처럼 투명한 황금빛 하늘을 품고 있었다. 우리 세상의 눈으로 보자면 아마도 셀 수 없이 많은 별들의 수수께끼 속에서 길을 잃고 헤매고 있는 것이 아닌지.

나는 그 조약돌 위에 가만히 손을 올려보았다. 그것은 흑사병이 우리의 삶을 갉아먹어버린 이후, 내가 보냈던 수많은 밤을 덮고 있던 슬픔의 장막을 바람과 빗물 속으로 몰아내버릴 만큼 자비로운 온기를 뿜어내고 있었다.

선원들이 기다리고 있었다. 나는 제낭드르에게 이 지역의 지도를 그려달라고 부탁했다. 그는 이 지도의 명칭을 석상들이 있다는 점을 들어 **거인들의 섬**이라고 불렀다. 하지만 나는 따로 적어두곤 했던 항해일지에 '슬픔의 섬'이라는 뜻인 '트리스테사'라고 적었다.

여기까지가 내 방황의 진정한 출발이다. 그 이후로는 그저 이곳에서 저곳으로, 이 섬에서 저 섬으로 옮겨 다녔을 뿐이다. 중간 중간 대양의 높은 파도와 맞서기 위해 잠시 숨 돌릴 시간이 필요했으므로.

나는 더욱 더 멀리 나아가기 위해 태어나지 않았던가.

나, 지야라! 파도와 거센 바람을 온전히 맞으며 앞으로 앞으로 나아가야 했다.

상아로 만든 돌고래가 내 목에서 춤을 출 때면, 반짝이는 등의 돌고래 형제들이 지체 없이 뱃머리에 나타나 내 목에 걸린 돌고래와 동행해주었다. 이런 거침없는 항해에 취한 우리 배는 칼날같이 물결을 가르며 앞으로 나아갔다. 모든 돛을 활짝 펼치고, 밧줄은 힘줄처럼 팽팽히 당겼다. 우리는 이 여정을 함께하는 돌고래 친구들이 수면 위로 빙글빙글 돌며 뛰어오르는 모습을 보았다. 돌고래들은 좌우에서 번갈아 솟구쳐 오르는가 하면, 빠르게 파도의 능선을 타고 오르고 물속으로 잠겼다가 또 경쾌하고 역동적인 몸짓으로 달아나는가 싶다가도 저 멀리 수백 미터 떨어진 곳에서 또다시 그 모습을 드러내곤 했다.

돌고래들은 의사소통을 할 때 서로를 향해 내달리며 웃음소리 비슷한 소리를 낸다. 내가 난간 위로 상체를 숙이면, 돌고래들은 주둥이 끝으로 나를 계속 건드리며 인사를 했다. 물속 저 깊은 곳에서 다가오는 이 입맞춤이 좋았다.

우리 배의 선원들은 정말이지 여러 부류의 사람들로 이루어져 있었다. 개중에는 기항지에서 우연하게 합류하게 된 자들도 있었다. 그들은 온갖 종류의 신앙을 갖고 있었고, 무척 생소한 예배 의식을 올리기도 했지만, 돌고래에 대해서만큼은 모두가 한결같은 관심을 갖고 있었다. 우리 배에서는 누구나 돌고래에게 그 어떤 사소한 나쁜 짓이라도 해서는 안 된다는 법칙을 암묵적으로 지키고 있었다. 나는 내 혈관 속으로 돌고래의 피가 흐르고 있다는 소문을 굳이 잠재우려고 애쓰지 않았다. 선원들은 그이야기를 너무나 곧이곧대로 믿어 나를 두고 자기들끼리 '돌고래여인'이라고 불렀다. 그들은 나와 바다를 맺어주었던 그 규약을 너무나 확신하고 있었기 때문에 거센 폭풍우 속에서도 전적으로 내 말을 믿고 따랐다. 나는 그들의 환상을 깨트리고 싶지 않았다. 최근 몇 차례의 폭풍우가 몰아쳤을 때에도 그들과 함께 돛대 꼭대기까지 올라가는 위험을 감수할 수 있었다.

우리는 앞에 펼쳐진 항로를 따라 곧장 전진했다. 물품 거래도 하고 밀수도 하며 생활을 꾸려나갔다. 암초를 만나지나 않을까 하는 걱정도, 해변에서 맛보는 달콤한 행복도 모두 함께 나누었다.

호두 껍데기처럼 작은 배 안에 갇혀 산 셈이지만, 그래도 우리가 가고 싶은 곳으로 맘대로 배를 이끌고 갈 수 있는 자유가 있었다. 애석하게도 단 한 곳, 캉다아만 제외였다. 캉다아에선 우리의 목에 현상금이 걸려 있었다. 활대 높이 캉다아를 상징하는 깃발이 보인다거나 캉다아 선단의 배 한 척이라도 부근에서 마주치면, 우리는 뱃머리를 틀어 항로를 바꿔야만 했다.

다행히 우리가 기항하여 휴식을 취할 곳이 부족하지는 않았다.

바람이 원활하게 불어주기만 하면 나는 **알리자드**로 항로를 정하곤 했다. 수많은 말뚝 위에 세워진 이 대도시는 **세 가지 향수 석호**潟湖라는 곳 깊숙한 데에 자리하고 있었다. 이곳은 땅과 물이 뒤섞인 광활한 나라로 향하는 길목에 있었고, 지도상에는 **연꽃 나라**라는 이름으로 표기되어 있었다. 나디르호는 이 도시에서 언제든 환대받았다. 게다가 우리 배의 선원 두 명은 이 도시에 가족들을 두고 있기도 했다.

몇 년 전 내가 처음으로 이 도시 해안에 정박했을 때는 아직 수습 과정을 밟고 있었고, 대귀항 선단을 지휘하는 **제논 당브르와지**라는 젊은 선장의 부관으로서 그의 명령을 따르고 있었다. 그는 검고 숱이 많은 아름다운 곱슬머리를 하고 있었다. 나보다 나이가 많았고, 이미 완벽한 경험을 쌓은 항해자의 위용 또한 갖추고 있었다. 나는 그의 눈길과 목소리를 아직도 기억하고 있다. 우리는 서로에게 이끌렸던 강렬한 감정을 모른 체 할 수 없었다. 그러나 상아로 만든 돌고래는 우리 사이에 끔찍한 거리를 만들어놓고 말았다. 왜냐하면 다른 사람들과 달리 제논은 돌고래 부적이 예언한 나의 운명을 의심하지 않았기 때문이다. 그는 나보다 나이가 많고 상사였음에도 내게 말을 걸 때마다 정중함을 잊지 않았다. 어느 날 저녁, 그의 손이 내 손을 살짝 스치자 내 얼굴이 붉게 물들었던 일, 그리고 부득이하게 사과할 수밖에 없었던 그의 모습이 하나하나 떠오른다. 그의 시선이 나와 마주쳤을 때마다 심장이 터질 듯 뛰었지만 우리가 처한 위계질서에 맞게 몸가짐을 추스르고 냉정함을 유지하기 위해 서둘러 수평선 너머 어느 한 지점으로 시선을 돌려야 했던 일을 나는 모두 기억하고 있다.

진정 그 누구도 연꽃 나라라는 이 나라가 과연 어떤 곳인지 이해할 수 없을 것이다. 이곳에서는 모든 지리학적 원리를 잊어야 하니 말이다. 제논은 이곳에 발을 내딛던 첫날부터 이곳에 대한 열정에 사로잡혔다. 우리는 함께 망그로브*나무 숲으로 사냥을 떠나곤 했다. 그 숲에 빼곡하게 늘어선 망그로브나무들은 헤아릴 수 없이 수많은 뿌리를 만들어내며 물밑 진흙 바닥에서 위쪽으로 뻗어나와 있었다. 마치 수천 개에 달하는 게의 다리가 뻗어나와 석호를 먹어치우려는 듯한 인상을 주고 있었다. 우리는 그곳에서 땅과 물속을 자유자재로 다니는 놀라운 동물들을 볼 수 있었다. 더구나 그 동물들은 이 도시 사람들과 매우 흡사한 구석

---

* mangrove. 열대나 아열대 해안, 하구 일부의 해수, 담수대의 진흙땅 등지에서 자라는 상록관목이나 교목식물의 총칭.

이 있었다. 왜냐하면 그곳 사람들의 사고방식이 꼭 그런 식이었기 때문이다. 이것도 저것도 아닌, 딱히 한쪽으로 분류할 수 없고, 변화무쌍하다는 점이 꼭 닮아 있었다.

제논은 알리자드 도시의 총독을 뜻하는 **자모랭**이란 직함을 가진 자와 오랜 시간 토론을 하곤 했다. 통통하고 키 작은 그 남자는 말투가 무척 빠르고 언제나 상냥한 인상을 주는 사람으로, 이름은 파르시다였다. 교역과 행정 업무를 주관했고, 엄청난 권력을 갖고 있었다. 그는 제논을 향한 자신의 우정을 몇 번이고 과장해서 표현하곤 했다. 그는 자신이 알리자드와 캉다아 간의 무역 협정에 힘이 되어주겠다고 약속했다. 하지만 정작 이웃 도시들과의 교역에는 그다지 큰 관심을 두지 않았다. 반면 제논은 이런 교역이 이웃 도시들로 확대되면 더 많은 이득이 있을 것이라고 기대했다. 실상 알리자드는 연꽃 나라로 통하는 관문이다. 이 나라를 통하면 향후 캉다아가 더 많은 도시와 무역을 할 수 있을 거라고 판단했던 것이다. 이에 제논은 이 나라의 심장부로 좀 더 깊숙이 들어가 **'물의 왕'**과의 알현 약속을 받아내길 바랐다. 그렇게 함으로써 두 나라가 상호 조약 하에 대사들을 교환하고, 왕과의 공식적인 동맹을 체결하기를 원했던 것이다. 이를 위해 자모랭의 추천이 필요함을 제논은 파르시다에게 끈질기게 설명했다. 그러자 파르시다는 대사를 보낸다는 제논의 계획을 단념시키려고 애썼다. 파르시다가 제논에게 말한 것은, 요컨대 물의 왕은 다른 군주들과는 다르다는 것이었다. 누구도 왕의 궁전을 직접 본 적이 없었다. 그는 실체를 눈으로 확인하기 어려운 신비로운 존재였다. 왕에게 알현을 청하면 몇 달 혹은 몇 년이 걸릴 수도 있었다. 왕은 비밀스럽게 장소를 옮겨 다니며 이 거대한 나라를 통치했다. 조수와 파도, 그리고 수문을 자유자재로 조절함으로써 백성들에게 다가서기도, 혹은 거리를 두기도 했다. 왕이 내린 모든 칙령은 독단적인 인상을 주었다. 그가 내리는 명령은 결코 피할 수 없는 최후의 보루였다. 사람들은 왕을 공경하면서도 두려워했다. 파르시다 역시 단 한 번도 왕을 알현한 적이 없었다. 그럼에도 불구하고 그는 왕을 폭풍우 속에 내리치는 벼락처럼 두려워하고 있었다. 하지만 제논은 가능한 한 모든 방법을 동원해 몇 번이고 다시 시도했다. 자모랭은 제논의 선물을 받고 그가 따라주는 포도주를 마시며 그의 말을 듣는 척했다. 하지만 대화가 자기 마음에 들지 않으면 바로 그를 되돌려 보냈다.

나는 제논이 마음을 돌리지 않을 거란 사실을 알고 있었다. 실제로 그는 자모랭의 허락을 받는 과정을 생략하고, 직접 물의 왕을 찾아 떠나겠다고 결심했다. 그는 일 년 뒤에 자신을 찾으러 오길 당부하면서 배의 지휘권을 내게 위임했다. 내 손을 잡고 나를 바라보던 그의 비장한 모습을 보면서, 나는 그의 결심이 결코 예사롭지 않다는 것을 깨달았다. 그는 앞으로 닥칠 이런저런 만남들에 자신의 모든 것을 걸고 기대하고 있었다. 난 그를 잃게 될지도 모른다는 생각에 가슴이 조이듯 아파왔다.

일 년이 지나 **세 가지 향수 석호**로 돌아왔을 때는 내가 선단의 대선장으로 임명되고 난 후였다. 그 후로 내 인생은 많은 것이 변해버렸다. 그럼에도 나는 제논을 향한 그리움을 멈출 수 없었다. 그를 보고 싶어 참을 수가 없었다. 알리자드는 자욱한 안개 속에서 그 모습을 드러냈다. 안개 때문인지 도시는 자신을 떠받들고 있는 기둥 위에서 흔들리는 듯했다. 나는 온갖 깃발들로 장식된 나디르호의 뱃머리 쪽에 서 있었다. 작은 양산 아래 길게 늘어서 있는 참모들에 둘러싸인 채 자모랭은 캉다아의 대선단을 맞이하기 위해 자신의 궁전을 걸어 나왔다.

나디르호에서 떨어져나온 작은 배가 나를 부둣가에 내려놓았다. 내가 배에서 내리자 뒤이어 선원들이 모두 뭍에 발을 내딛었다. 무척 화려한 옷차림을 하고 있던 파르시다는 수많은 배들의 수장으로 임명된 자가 여자임을 알고 놀라는 눈치였다. 나는 그러한 놀라움에 이미 익숙해져 있었다. 그에게 짤막한 인사말을 건넨 후, 첫 회담이 열릴 수 있도록 호의를 청했다.

그는 직접 내게 제논 당브르와지가 실종되었다고 알려주었다. 아무런 내색도 하지 않은 나는 그 소식을 온전히 참아낼 수밖에 없었다. 그리고 바로 우리의 무역 협정에 관한 논의로 넘어갔다. 일에 있어서는 항상 엄격하게 냉정을 기했다. 우리 참모들은 세부 사항을 논의하는데 나흘 밤낮을 보냈고, 이어서 상품의 운반이 시작되었다. 우리의 화물 창고가 비워지고, 곧이어 다른 물건들로 다시 채워졌다. 개미처럼 열심히 짐을 나르는 사람들의 행렬이 이어졌다. 그들은 머리에 바구니를 얹고 새벽부터 해질녘까지 끝없이 다리를 오르내렸다.

나는 우리가 체류하는 기간 내내 제논을 찾아 헤맸다. 얼마 없는 자유 시간을 최대한 이용했다. 그럴 만한 가치가 없는 정보에도 후한 값을 지불했다. 설령 부정확한 기억일지라도 내가 묻는 질문에 그럴싸한 대답을 하는 사람들을 만나기도 했다. 그렇지만 결국 아무것도 알아내지 못하고 낙심한 채 그곳을 떠나야만 했다. 제논은 물의 왕을 만났을까? 혹시 나무 말뚝으로 이루어진 기둥들 위에 세워져 있다고 해서 사람들이 이름 붙여준 백 개의 발이라는 도시의 부두를 걷고 있는 건 아닐까? 아니면 꽃마을 주변 어딘가에서 그곳 주민들과 섞여 떠다니듯 살고 있지는 않을까? 하지만 내겐 그것들을 확인할 그 어떤 방법도 없었다. 나는 이듬해에도 돌아왔고, 그 이듬해에도 또다시 돌아왔다.

이 나라를 지독히 싫어해야 정상이겠지만, 차마 그럴 수 없었다. 길게 누워 있는 듯한 기다란 지형의 이 나라는 모든 것이 불분명했다. 이곳에선 딱히 국경이랄 것도 없었다. 지방과 지방 사이의 뚜렷한 구분도 없었다. 경계를 지어보았자 폭우가 내리면 마치 해면海綿으로 문질러 지워놓은 것처럼 구역이 더 넓어져 있기 일쑤였다. 밤이라는 것도 대낮의 햇빛이 천천히 짙은 잉크 구름을 빨아들이는 식이었다. 이 나라에서는 모든 것이 뒤죽박죽이었고, 자욱한 안개 속에서 희미하게 흔들거리고 있을 뿐이었다. 심지어 별들의 반짝거림까지도 몽롱했다.

자랑스러운 나의 제논은 이 물길들을 여러 차례 지나갔을 것이 분명했지만, 어떤 흔적도 남겨놓지 않았다. 그랬기에 그의 그림자조차 찾을 수 없었다. 하지만 그가 느림에, 기다림에, 우울함에 굴복하지 않는 사람이라는 걸 잘 알고 있었다. 그래서 몇 번이고 그의 흔적을 찾으려고 시도했던 것이다. 그럼에도 그의 흔적은 바로 이곳, 마치 액체가 흐르듯이 펼쳐져 있던 시공간 속에서, 구름의 그림자 속에서, 잠들어 있는 어두운 물웅덩이 속에서 벌써 희미해져버린 듯했다. 덩달아 그 역시도 평화로운 이곳 주민들이 뱉어내는 마치 음악과도 같은 저 언어 깊숙한 곳으로 사라져버리고 만 듯했다. 그를 찾아다녔던 곳 어디에서든, 오직 수면 위로 너울대는 내 자신의 모습만을 발견할 뿐이었다.

나는 비로소 이젠 더 이상 그를 볼 수 없으리라는 것을, 이젠 더 이상 깊은 울림을 주던 그의 목소리를 듣지 못하리라는 것을 받아들이게 되었다.

　파르시다가 공직을 떠나자, 캉다아와 알리자드의 새로운 자모랭 사이의 관계가 악화되었다. 바꿔 생각해보면 이는 우리의 교역을 공식적으로 돈독하게 만들길 원했던 제논의 의견이 옳았다는 것을 증명해주었다. 나디르호는 더 이상 이곳에서 대귀항 선단과 마주칠 위험을 감수하지 않아도 되었고, 그로써 내가 추방되고 난 뒤에도 그곳에 기항하는 일이 한결 수월해졌다. 하지만 그렇게 되고 난 이후에 도시의 번잡스러운 움직임보다 널찍한 갈대밭에서 느낄 수 있는 평온함을 더 좋아하게 되었다. 그러던 중 나는 그곳에서 학교를 하나 발견하게 되었다. 아니, 학교라기보다는 선생님 한 명을 중심으로 한 무리의 아이들이 옹기종기 모여 있는 작은 노천 오두막이라 하는 편이 더 맞는 것 같다. 그곳에서 나는 아이들이 '미친 풀 서체'라고 부르는 글씨로 적은 시 낭송을 듣기 위해 녀석들 옆에 앉아 있곤 했다. 그곳에서 가르쳤던 과목은 산수, 예의범절, 중얼거림, 글쓰기, 다이빙이었다. 한 가지 덧붙여둘 사실은 이곳에서 슬픔은 일종의 무례함으로 여겨졌다는 점이다. 이곳에선 자신도 모르게 경쾌함이 몸에 배지 않고서는 그들 속에 섞여 살아갈 수 없을지도 모른다.

가끔 우연히 수로 쪽으로 발길이 갈 때면 **떠다니는 정원**들의 달콤한 향기 속에 푹 빠지곤 했다. 그러면 내 발걸음은 느려졌고, 허리는 리듬을 타듯 좌우로 흔들렸다. 또 이 나라의 시골 여인들처럼 몸을 감싸고 있는 천 자락을 간단히 손목을 돌리는 동작 한 번으로 어깨 위에 두를 줄도 알게 되었다. 그러다가 **야단법석 비의 계절**을 예고하는 전조들이 하나 둘 나타나면, 나는 더 이상 지체 않고 나디르호의 출항을 준비하게 했다. 우기가 시작되면 항해 자체가 아예 불가능해지기 때문이었다. 하늘은 매일 아침마다 아름다운 차茶 빛깔을 띠었고, 한낮에는 검은색으로 변했다가 저녁이 되기 직전에 폭포처럼 비를 쏟아냈다. 따라서 이처럼 매일같이 반복되는 분노와도 같은 엄청난 비의 시위가 그치기를 마냥 기다리는 일은 쓸데없는 짓이었다. 배의 창고는 채워졌고 갑판은 닦여 있었다. 돛들이 새로 정비되었기에 우리는 '바다를 달리는 자'라는 우리의 본모습을 되찾으려 소리 없이 빠져나갔다.

나는 통행이 금지된 군도群島, 냇물이 졸졸대며 흐르는 그 비밀
의 섬들로 향하는 길을 알고 있었다.

멀리서 보면 그곳은 광대한 공간에 박힌 무수한 에메랄드빛
조약돌처럼 보이지만, 가까이 다가가면 다가갈수록 물 위에 드
리운 섬의 그림자 위로 웅장한 절벽이 우뚝 솟아 있는 모습을 볼
수 있다. 밀물 때 발아래로 휘몰아치는 소용돌이 사이를 교묘히
빠져나가 좁은 수로를 통과하면 식물의 군락이 왕관처럼 보이는
거대한 바위섬 빈 가오에 다다르게 된다. 하얀 모래밭 끝자락에
세워진 그 작은 마을은 해안선이 쑥 들어간 부분의 가장 깊숙한
곳에 자리 잡고 있어서, 배의 방향을 트는 마지막 순간이 되어야
비로소 그 모습을 드러낸다.

조타수 마테오는 이런 까다로운 지형에서도 눈을 감고 운항
할 수 있을 정도로 능숙한 항해 실력을 갖추고 있다. 많은 아이

들이 우리를 맞이하기 위해 바닷물 속으로 뛰어들었다. 기쁨으로 한껏 들떠 있는 아이들의 모습에 심장이 터질 것만 같았다. 언제나 웃음을 달고 사는 진주잡이 해녀들을 다시 만나리란 기대에 더욱 그랬다. 예전에 내게 잠수하는 법을 가르쳐주었던 바로 그들 말이다.

닻을 던지자마자 마을의 모든 카누들이 일제히 우리가 배에서 내리기를 기다리고 있었다. 그리고 밤이 이슥해지도록 우리를 환영하는 연회가 이어졌다. 우리는 모래사장에 펼쳐놓은 멍석들 위에 선물들을 늘어놓았다.

다음 날 진주잡이 해녀들이 나를 찾아왔다. 나는 카누 하나를 골라 탔고, 우리 일행은 돛을 펼쳐 해녀들이 진주를 채집하는 장소들로 향했다. 해녀들은 긴 밧줄에 무거운 돌을 매단 원시적인 형태의 닻을 내렸다. 그리고 차례차례 몸을 던져 바닷물 속으로 들어갔다. 나도 그 뒤를 따라 물속으로 들어갔다.

바닷속은 또 다른 세계, 상상을 초월하는 침묵에 잠긴 세계, 끝 모를 심연의 밤과 파도치는 수면 위로 너울대며 춤추는 태양빛의 반짝임 사이에서 또 하나의 층을 이루는 그런 세계였다. 가장 우아하고 가장 다채로운 색깔을 띠며, 가장 특이하고 가장 두려움을 불러일으키는, 또한 가장 사납기도 한 생명체들이 모두 이곳 바닷속 모래 바닥에 혹은 바위틈에 숨어서 살고 있었다. 진

줏빛 미소를 머금은 닌과 안 그리고 나우는 내겐 자매와도 같은
친구들이다. 그들은 나에게 바닷속 길을 가르쳐주고, 또 안내해
주었다. 호흡이 척척 맞는 인어들처럼 우리는 더 깊은 곳을 향해
미끄러지듯 내려갔다. 이곳에선 땅의 지배력과 법칙이 존재하
지 않았다. 우리는 더 이상 무거움과 가벼움도, 높고 낮음도 느
낄 수 없었다. 우리의 발은 지느러미가 되었고, 손은 예민한 날
개가 되었다. 머리카락은 물결을 따라 구불거렸다. 간혹 은빛
물고기들이 부채꼴 대형으로 무리지어 도망치는 장관이 우리 눈
앞에 펼쳐졌다. 물고기들이 드리우는 그림자가 산호초 아래로
빠져나가는 모습을 보았다.

　우리는 느릿느릿 굴을 하나씩 채취해 허리춤에 달아놓은 바
구니 속으로 가져갔다. 그리고 천천히 다리로 물을 차며 수면 위
로 올라갔다. 산소를 달라는 폐의 성화에 못이겨 우리는 창공을
향해 솟구쳐 올랐다. 소금기 머금은 입술에선 하나같이 웃음이
터져나왔다.

　나는 이곳에서 몇 년이고 머물고 싶었다. 바닷물 속으로 잠수
할 때마다 내 목에 매달린 돌고래가 헤엄을 치며 나를 잡아끄는
것 같았다. 행복에 도취한 돌고래는 정말로 살아 있었던 것이다.

　빈 가오로 돌아온 우리는 해변에서 수확물을 나누었다. 이따

금 눈물방울 같은 진주알들이 우리 손바닥 위를 굴러다녔다.

어떨 땐 다른 배의 선원들이 우리와 합류하기도 했다. 마을 사람들처럼, 선원들도 물고기가 날아오를 때 공중으로 활로 쏘아 사냥하는데 재미를 붙인 듯했다.

밤이 되면 모든 사람이 해변에 모여 함께 저녁 식사를 즐겼다. 생선, 신선한 조개, 코코넛 열매, 얌*, 파파야 같은 재료에 나디르호에 언제나 넉넉하게 저장되어 있는 향신료를 넣어 요리했다. 나와 제냥드르는 지도 제작을 위해 다른 사람들과 떨어져서 작업을 해야 했다. 우리 두 사람은 긴 시간을 지도 제작에 할애했다. 이곳의 군도는 수백여 개의 섬들로 이루어져 있었고, 또한 각각의 섬 사이로 나 있는 수로에는 얕게 여울진 곳마다 수많은 바위 암초들이며 모래 암초들이 소용돌이 아래 감춰져 있는 곳이 많았기 때문이다.

우리가 지나온 항로를 종이에 옮겨 그리는 동안, 나는 해변으로부터 사람들이 속삭이는 소리를 들었다. 그 소리와 해변에 밀려오는 시원한 파도 소리를 자장가 삼아 우리는 잠자리에 들었다. 어디선가 노랫소리가 들려왔고, 종려나무 잎의 세찬 흔들림 속에서 이야기가 하나 둘 태어났다. 좀 더 먼 곳에서는 게를 잡으러 뛰어다니던 개 한 마리가 진흙을 튀기며 짖어대는 소리가

---

* yam. 고구마 맛이 나는 마과의 뿌리식물로 고구마처럼 삶거나 구워서 먹는다.

들려왔다.

이윽고 침묵이 내려앉았다. 사랑을 소곤대던 작은 속삭임도 잦아들었고, 숨 막히는 밤의 열기가 서서히 세상을 덮었다.

진주 수확량이 충분할 때면, 우리는 교역을 하기 위해 이 항구 저 항구를 찾아 닻을 올렸다. 부자 나라인 **비취 나라**가 가까이 있다는 점이 우리 거래에 큰 도움이 되었다. 그곳에서는 언제든 기꺼이 돈을 치를 준비가 되어 있는 많은 진주 애호가들을 만날 수 있었다. 그 일을 마테오가 전담했다. 그는 세련되고 탁월한 수완을 발휘하는 사업가였고, 흥정에도 능했다. 상거래를 한층 흥미진진하게 만드는 우정의 맹세나 급변하는 돌발 상황에 어떻게 대처해야 하는지도 잘 알고 있었다. 거래를 파기하려는 위협에는 화해의 손을 내밀어 협상을 유리한 쪽으로 이끌 줄 아는 친구였다. 협상 테이블에서 그는 대체로 쥐보다는 고양이의 역할을 담당했고, 그런 일을 결코 귀찮게 생각하지 않았다. 하지만 나는 이런 방식들이 별로 마음에 들지 않았다. 그냥 간단한 말로 처리하는 편이 좋았다. 하지만 마테오 덕분에 나디르호는 좋은 평판을 받을 수 있었다. 빈 가오의 해녀들은 자신들의 수확물을 모두 우리에게 일임했고, 그렇게 하는 편이 가장 좋은 값을 받을 수 있는 방법이라고 확신하는 듯했다.

타우에서, 로쿠에서, 피티악에서, 티에보아와 티에바오라는 이름의 쌍둥이 섬에서, 소왕국 키비에서, 점차 사람들은 나디르호를 '돌고래 여인의 배'라고 부르게 되었다. 연중 최고의 만조 때 각종 동물들에 대한 의식이 거행되는 **크산 섬**에서는 수많은 봉헌물들이 돌고래에게 바쳐지기도 했다.

우리는 어떤 속박에도 구애받지 않았고, 누구에게 조세를 바칠 필요도 없었다. 그러나 전에 없던 이 같은 낯선 자유는 사람들로 하여금 두려움을 불러일으켰다. 우리와 관련된 전설적인 이야기가 주민들 사이에서 누룩처럼 퍼져나가 심지어 나디르호의 이미지가 주변 바다에서 방랑하는 유령이라는 이야기까지 떠돌고 있었다. 실제로 우리 배는 한밤중에 닻을 내렸다. 새까만 나디르호의 윤곽은 여명이 밝아오면 비로소 삼각의 돛을 활짝 편 채 그 우아함을 드러냈다. 그러면 사람들은 마치 행운의 징조라도 대하듯, 바다 저편으로부터 다가오는 우리의 모습을 넋을 잃고 바라보곤 했다.

그러던 어느 날 아침, 빈 가오로 회항하던 나디르호가 원뿔 모양의 바위 뒤편을 우회하고 있을 때, 돛단배 여러 척이 무리지어 가는 모습이 보였다. **검은 돛을 단 배**들이었다. 가장 높은 돛에는 이제까지와는 완전히 다른 상징을 뜻하는 깃발이 걸려 있었다. 바로 흑진주 해협에 출몰하는 해적의 깃발이었다.

해적들은 마을을 불태우고 주민들을 붙잡아 노예로 삼았다. **비취 나라**가 파견해놓은 강력한 식민지 관리들에 맞설 정도로 힘이 세지는 않았기 때문에, 대신 어부들이나 조그만 상선들을 상대로 돈을 요구했다. 해적의 우두머리인 **도티케**는 자신의 사냥 구역에서 여자가 지휘하는 배가 활개를 치고 다닌다는 사실에 화가 나 있는 것 같았다. 나의 존재 자체가 그에겐 어두운 그림자였던 것이다. 우리를 반갑게 맞이하거나 우리와 거래하려는 자라면 누구에게든 위협을 가했다. 그가 지나간 곳에는 해안으로 밀려온 돌고래 시체들로 가득했고, 앞으로도 엄청난 학살을 저지르겠노라 공언도 서슴지 않았다. 그는 우리의 화물을 빼앗겠노라고, 내 몸을 수중에 넣어 마음대로 유린하겠노라고 큰소리를 치기도 했다. 그런 와중에 나디르호는 이미 여러 달 전부터 바로 그의 코앞에 펼쳐져 있는 섬들 사이를 마치 뱀장어처럼 요리조리 빠져나가며 항해하고 있었던 것이다.

어쩌면 내가 그를 지나치게 과소평가했던 게 아닌가 싶다. 도티케는 온갖 위협과 함께 몸값까지 내걸어 마침내 내 흔적을 찾아내기에 이르렀다. 우리가 볼 수 없도록 바위 뒤 어두운 곳에 숨어 있던 그의 배들이 한 척 한 척 제 모습을 드러내 우리를 가로막았다. 설상가상으로 조수 때문에 그가 이끄는 배들 쪽으로 나디르호가 곧장 휩쓸려 가버리고 말았다. 바람도 도와주지 않앉고, 도망칠 방법이 없었다. 우리는 서둘러 전투 준비를 갖추었지만 그들이 던진 쇠갈고리가 우리 배의 밧줄 쪽을 향해 날아들어 배의 속도를 급격히 늦춰버렸다. 우지끈하는 엄청난 소리와 함께 배들이 서로 충돌했다. 상당한 속도로 항해하고 있던 나디르호는 관성의 힘 때문에 선체 측면을 물어뜯고 있는 이 해적무리를 흡사 끌어당기고 있는 모양새가 되었다. 그들 배 위쪽에 놓이게 된 우리 배의 측면 높은 곳에서 잠깐 동안 우리는 그들을 향해 화살을 퍼부었다. 하지만 물고기를 잡기 위해 갈대로 만들어 너무 가늘고 가벼웠던 그 형편없는 화살들은 모기가 따끔하게 찌르는 정도의 고통밖에 가하지 못했다. 그들은 이미 배의 측면을 타고 기어오르고 있었다. 작살꾼 자디르는 작살 열 개를 사용했고, 그들의 손에 죽임을 당하는 순간까지 그 작살로 정확히 열 명의 해적을 죽였다. 하지만 그러고 나서도 악의에 찬 해적들의 칼날은 여전히 우리를 겨누고 있었고, 결국 그들 앞에서 죽음을 맞이할 수밖에 없는 처지에 놓이고 말았다. 지금도 이 전투를 떠올리면 혼란스러운 기억밖에 떠오르지 않는다. 온통 두려움에 떨었던 기억뿐이다. 포악무도한 악마처럼 덤벼들던 해적들은 우리를 정복하는 것만으로 만족하지 않았다. 그들은 적들을 갈기갈기 찢어버리려 했고, 사지가 절단된 시체들을 짓밟기도 했다. 사방이 비명과 피로 끔찍하게 뒤섞여 있었다. 나는 한 사람당 다섯을 대적해 싸웠던 내 선원들이 여기저기서 쓰러져나가는 모습을 지켜볼 수밖에 없었다. 마지막으로 쓰러진 친구는 비상트 보-나페티였다. 그는 우렁차게 포효하며 제일 높은 돛대에서 몸을 날렸고, 그렇게 세 명의 해적들을 해치웠다. 그의 나무 다리는 해적 한 명의 몸을 관통해 갑판 위에 못처럼 박혀버렸다. 하지만 그것으로 끝이었다. 그것은 마치 제때에 등장하지 못한 탓에 영웅적이긴 했지만 웃음거리로 막을 내릴 수밖에 없는 연극의 마지막 장면과도 같았다.

나는 제일 큰 돛대에 높이 묶인 채 마지막까지 살아남은 동료들이 고통당하는 모습을 지켜봐야만 했다. 저만치 도티케가 다가오는 모습이 보였다. 그는 잔인함으로 번뜩이는 작은 눈으로 만족스러운 듯 여기저기 시체들이 쌓여 있는 갑판을 둘러보았다. 심줄같이 억센 털이 덥수룩하게 난, 흡사 찌그러진 코코넛과도 같은 큼지막한 머리통을 내 쪽으로 기울여 트림하듯 혐오스런 목소리로 명령을 내렸다. 그가 내쉬는 고약한 입 냄새는 내게 역겨움으로 입을 비죽거리게 만들었다. 바로 그때 그의 부하들 중 한 놈이 바닷물을 들통에 한가득 담아와 내 얼굴에 끼얹었다. 소금기가 내 상처에 날카롭게 파고들어 나도 모르게 신음이 나왔다. 그런데 소금물을 뒤집어쓴 순간, 상아로 만든 돌고래가 내 입속으로 밀려들어왔고, 나는 고통을 참기 위해 입을 꽉 다물었다. 도 티케는 못이 박힌 거칠고 두툼한 손으로 내 턱을 조이며 위로 치켜올렸다. 이 사이에 꽉 물고 있었던 상아 부적에 의심을 품었던 것이다.

나는 눈을 질끈 감았고, 마음속 깊은 곳으로부터 온 힘을 다해 간절한 마음을 담아 나의 부적에게 이렇게 청했다.

"폭풍우와 소용돌이, 그리고 돌풍의 친구, 거대한 파도의 용맹한 심부름꾼인 작은 상아 돌고래야, 제발 부탁이니 날 도와줘!"

그때 나는 수평선이 양쪽으로 길게 잡아당겨져 하얀 선으로 변하는 광경을 보았다. 그것은 곧 엄청나게 큰 파도가 되어 우르르하는 소리를 내며 앞으로 돌진해왔다. 파도는 순식간에 하늘을 가릴 정도로 높아졌고, 곧장 내달려 엄청난 힘으로 몰려들더니 이제껏 한 번도 들어본 적 없는 큰 소리로 배를 내리쳤다. 그러자 두 배를 연결하고 있던 쇠갈고리들이 끊어졌고, 파도가 일으킨 물과 모래 폭포가 우리를 공격하던 배들을 수천 조각으로 잘게 부숴버렸다.

나는 아주 오랜 시간을 기절해 있었던 것 같다. 옆구리에 가해진 압력으로 몸이 터져버릴 것만 같았다. 귀에선 윙윙대는 소리가 들렸다. 더 이상 숨도 쉴 수 없었다. 누가 나를 불렀지? 누가 내 옆에서 헤엄을 치고 있는 거지? 이런저런 목소리가 저 멀리서

흑진주 군도에서의 전투

내게 말을 걸어오는 것 같았다. 내 자매들, 진주잡이 해녀들의 목소리였다. 그들은 여기서 뭘 하고 있는 걸까? 팔과 다리의 감각이 사라졌다. 부서질 정도로 꽉 물고 있던 작은 돌고래의 감촉만이 입속에서 느껴졌다. 하지만 그마저도 더 이상 깨물고 있을 힘이 없었다. 개중에는 낯선 사람이 섞여 있었는데, 금빛 머리카락의 한 남자가 내 쪽으로 몸을 기울이고 있었다.

'조금만 더 힘을 내봐, 지야라, 조금만 더……'

꽉 물고 있던 입이 스르륵 풀렸다. 돌고래가 미끄러지듯 빠져나갔고, 그것이 떨어지면서 모든 것이 희미해졌다. 더 이상 아무것도 보이지 않았다. 검은 물결의 소용돌이가 내 정신을 혼미하게 만들었다.

누군가 내게 물을 먹여주었다. 한 모금 마시는 것조차 고통스러웠지만, 온몸에서 전해오는 통증에 비하면 별것 아니었다. 나는 빈 가오에 돌아와 있었다. 그곳의 익숙한 냄새와 소리로 알 수 있었다. 맨발 아래 모래가 밟히는 소리, 종려 잎사귀가 끊임없이 부대끼는 소리, 수탉이 목청껏 우는 소리, 멀리서 들리는 암초에 부딪히는 파도 소리로 그렇다는 것을 알 수 있었다. 격자무늬 지붕을 통해 부드럽게 새어 들어오는 햇빛의 움직임으로 낮과 밤이 교차되는 것을 알 수 있었다. 하지만 잠이 들었을 때 알 수 없는 고통과 현기증이 나는 추락감, 물에 빠지는 듯한 기분으로 가위에 눌려 자다 깨다를 반복했다. 웅성거리는 소리가 끊임없이 들렸고, 죽은 동료들이 눈앞에 쭉 늘어서 있는 것이 보였다. 슬픈 표정을 한 모든 방문자 중에서 가장 자주 보였던 사람은 지도 제작 전문가 제낭드르, 수석 목수 에르칼로스, 조타

수 마테오였다. 이들은 모두 내가 있는 작은 오두막집 안으로 들어오기 전에 머리를 숙여 경의를 표하곤 했다. 그들은 피로 얼룩진 모습이었지만 내게 말을 건넸고 용기를 북돋워주었다. 간혹 그들이 하는 말소리가 들리기도 했고 그들의 어렴풋한 그림자가 보이기도 했지만, 이내 검은 잠 속에 다시 빠져들었다. 잠깐씩 정신이 들면 도티케의 경고를 무시하고 그놈이 숨어 있을 만한 지역을 조롱하듯 돌아다녔던 것이 후회되었다. 그 지역을 잠시 떠나 숨어 있다가 갑자기 습격하는 건 그에게 식은 죽 먹기처럼 쉬웠을텐데 말이다. 치료사 노파가 준비해둔 약을 내 입술 사이로 넣었다. 그녀 덕분에 기운을 되찾을 수 있었다. 다행히 나는 팔꿈치를 짚고 몸를 일으킬 수 있게 되었다. 조금 비틀거리긴 했지만 균형을 잡고 일어설 수도 있게 되었다. 놀라운 진전이었다. 닌, 안, 그리고 나우가 어깨로 나를 부축해주었다. 그럼에도 그들의 재잘거림과 쾌활함은 아직도 다가가기에 버거운 활력이었다. 앞으로 이 평화로운 해안에서 그들과 다시 어울리는 일은 불가능할 것처럼 느껴졌다. 너무나도 기력이 없었고, 견디기 어려운 슬픔과 회한이 나를 짓누르고 있었다. 가만, 그런데 매일 아침 너무도 기이한 푸른 빛깔이 감도는 차 한 잔을 가져다주고는 한마디 말도 없이 서 있던 남자는 대체 누구였을까? 한 번도 본 적 없는 남자였다. 단지 비몽사몽간에 나를 향해 몸을 기울이고 있던 그의 모습을 보았을 뿐이다. 그는 오래 머물지도 않았다. 마실 것을 내려놓으면 바로 뒤돌아 나갔으니까. 하지만 그의 존재는 마음을 차분하게 진정시켜주었다.

이 모든 일들은 결국 하나의 의미로 귀착되었다. 주변에서 벌어졌던 일련의 상황들은 기억 속에서 거꾸로 거슬러 올라가며 점점 명확하게 모습을 드러냈다. 해적들과 맞붙었던 전투에서 상아로 만든 돌고래를 입속으로 들어가게 했던 한 통의 바닷물까지.

놀랍게도 제낭드르, 마테오, 에르칼로스는 살아 있었다. 그들 셋 모두에게는 전투의 상흔이 남겨져 있었다. 제낭드르는 반쯤 정신이 나갔고, 마테오는 한쪽 눈을 잃었다. 하지만 그들은 살아 있었다. 다행스럽게 그것만은 확실한 사실이었다. 내 머리맡에 그들이 찾아왔던 것이 완전히 꿈은 아니었다. 나는 조금씩 기력을 회복했다. 매일 아침 헤엄을 치러 나갔고, 매번 조금씩 더 멀리 헤엄칠 수 있게 되었다. 다신 못 볼 줄 알았던 나디르호의 모습이 눈에 들어왔다. 해변에 누워 있는 배 주변으로 돛대들과 둥글게 다듬어진 나무들이 파손된 부분을 대체하거나 수리하기 위해 놓여 있었다. 리듬에 맞춰 망치 소리와 톱질 소리를 내며 부지런히 작업하는 사람들이 배 주변을 에워싸고 있었다. 가능한 자주 배를 둘러보러 갔다. 아침마다 일어날 때 쯤이면 푸른 빛깔의 차를 가져다주었던 낯선 남자도 그곳에서 일하고 있었다. 사람들은 잿빛이 도는 황금빛 머리카락을 지닌 그를 '금빛 머리'라고 불렀다. 그는 힘든 작업을 묵묵히 해내고 있었다. 내가 작업장에 도착할 때면, 그는 하던 일을 멈추곤 했다. 그는 나를 걱정하고 있었다. 그와 함께 있을 때면 어떤 태도를 취해야 할지 알 수 없었다.

그가 선실에 있던 지도들을 전투의 피해로부터 구했다고 한다. 그는 곰팡이가 슬지 않게 그것들을 잘 보관해두고 있었다.

어느 날 싸움이 벌어졌다. 어떤 말이 시발점이 되었는지는 더 이상 기억이 나지 않지만, 아무튼 에르칼로스가 그에게 덤벼들었다. 모든 사람이 하던 일을 중단했다. 비록 전투에서 입은 상처로 체력이 떨어진 상태였지만, 황소처럼 단단한 두상과 근육질의 우람한 체구로 보아 에르칼로스가 훨씬 우세해 보였다. 나는 에르칼로스를 상대하고 있는 그를 슬쩍 관찰해보았다. 그의 몸은 좀 더 가벼웠고 키는 에르칼로스보다 머리 하나 정도 더 컸다. 그는 에르칼로스의 공격을 기다리다가 두 팔을 재빠르게 움직이는가 하면, 두 다리를 낮게 구부려 상체를 가볍게 약간 앞쪽으로 기울이기도 했다. 그런 모습에서 그가 얼마나 용감한 사람인지 알 수 있었다. 게다가 그는 매우 민첩했다. 누구도 우리의 수석 목수 에르칼로스가 어떻게 먼저 나가 떨어졌는지, 그다음엔 어떻게 물에 떠 있는 나무토막처럼 바닥에 흉하게 뻗어버렸는지 알 수 없을 정도였다. 순식간에 에르칼로스는 정신이 반쯤 나가버렸고 오른팔은 등 뒤로 꺾인 채 땅에 뻗어 있었다.

나는 '금빛 머리'와 통성명을 했다. 그가 내성적일거라 생각했지만 알고 보니 신중한 사람이었다. 우리는 지도에 관해 이야기를 나누었다. 그는 내가 갖고 있던 바다를 그린 지도와 항해용 지도보다는 육지 지도를 더 좋아했다. 그는 매우 정확한 관찰력도 보여주었다. 그렇게 우리는 매일 저녁 만나게 되었다. 그는 내가 겪었던 여행담을 말해달라고 졸랐다. 그때까지 난 내 여행기를 누군가에게 이야기해준 적이 없었다. 하지만 나는 여행담을 늘어놓으며 즐거워하는 나 자신에 깜짝 놀랄 수밖에 없었다. 그는 사막과 산악지대를 측량하러 다녔고, 비취 나라에서 여러 해를 살았으며, 여러 군주, 상인과 거래를 했다고 말했다. 그의 목소리는 부드러웠고, 미소를 지을 때면 왼쪽 뺨 위로 오목하게 보조개가 들어갔다. 먼 곳에서 왔다는 그의 이름은 **코르넬리우스**였다. 해가 떠 있는 동안에는 되도록 그에게 말을 걸지 않았다. 그 시간에 그는 나디르호 수리에 참여하고 있거나, 마을 청년 파당과 함께 고기를 잡으러 가곤 했다. 조바심을 억누르며 매일같이 밤이 되길 기다렸다. 그에게 사로잡히고 싶지는 않았지만 이미 더 이상 그 없이 지내는 것을 생각조차 할 수 없게 되었다.

　우리는 낮은 목소리로 대화를 계속 이어나갔다. 마치 이런 내밀한 순간에 대해 변명이라도 하려는 듯이. 하지만 이제 더 이상 그가 언제 처음으로 **인디고 섬**에 관해, 그리고 그 섬의 푸른 산에 관해 이야기했었는지 기억하지 못한다.

　"지야라, 당신에게 어떻게 말해야 할까요? 정확히 말하면, 그건 '섬들'이 아니에요. 바다에 둘러 싸여 있지 않기 때문지요. 사람들이 '**오르배 섬**'이라고 부르는 거대한 대륙 한가운데 끝없이 펼쳐진 평원 가운데 솟아 있는 곳이니까요."

　"섬처럼 솟아 있는 땅이란 말이죠?"

　"그렇소. 하지만 그 섬이 기이하게 여겨지는 이유는 그것 때문은 아니에요. 두 개의 '섬들' 중 **긴 섬**은 알파벳 소문자 i의 막대 모양으로 생겼고 위의 동그란 점을 향해 있지요. 그리고 점 모양의 섬은 휴화산이오. 그 섬은 항상 쪽빛으로 물들어 있어요. 마치 하늘빛이 진하게 응축되어 있는 듯한 무척 신비로운 푸른색을 띠고 있죠. 사람들은 그 푸른색을 **아련한 쪽빛**이라고 불러요."

　"당신이 말하고 싶어 하는 것이 무엇인지 알겠어요. 화창하게 맑은 날, 수평선에서 볼 수 있는 섬의 빛깔과 같은 거죠?"

　"훨씬 더 강렬한 색을 상상해봐요. 좀 더 밝게 빛나고, 마치 북소리가 울려 퍼지는 것이 느껴질 듯한 그런 색을 말이에요. 그 푸른 산이 만들어내는 색채가 그렇소. 다만 그 산으로 가는 건 불가능해요."

"만일 그 산이 평원에 솟아 있다면 갈 수 있을 것 같은데요."

"아니오. 불가능해요. 하지만 산을 볼 수는 있어요. 시선이 닿는 곳에 있으니까. 단, 달이나 해처럼 그곳에 도달할 수는 없어요."

"믿기 어렵군요. 산이 너무 높아서 그런 건가요?"

"나는 이미 구름 위로 솟아 있는 높은 산봉우리를 여러 차례 올라가본 적이 있어요. 하지만 푸른 산에 직접 걸어 가고자 했던 사람들 중 성공한 사람은 단 한 명도 없어요. 다가가면 갈수록 그만큼 산은 더 멀어졌으니까…… 하지만 나는 내가 그 산에 도달하리라는 것을 알고 있소. 산이 원하는 만큼, 아니면 그보다 더 많은 시간을 들여서라도 걸어 오를 것이오. 내 인생 전부를 건다 하더라도 말이에요."

"그 맘, 이해할 수 있을 것 같아요. 나도 그렇게 생각해요."

우리는 모래밭 위에서 바다를 향해 나란히 앉아 있었다. 그렇다. 나는 다른 곳을 향해 걸어가려는 욕구와 계속 앞으로 뻗어나가려는 그의 마음속 열망을 너무도 잘 알고 있었다.

"그렇지만 코르넬리우스, 내가 보기에 당신은 그 오르배라는 곳과 너무 멀리 떨어져 있는 것 같아요. 나 역시 상당히 오랜 시간 바다를 여행해지만 한 번도 그런 곳이 있다는 말은 들어보지 못했어요. **비취 나라**에서 불과 두 발짝이면 올 수 있는 이 작은 섬에서 당신은 지금 무얼 하고 있는 건가요? 사람들은 당신이 일하고 있는 모습을 보고 있어요. 당신 것도 아닌 배를 수리하고 있죠. 아직도 당신을 미덥지 않게 생각하는 에르칼로스만 제외하면 모든 사람들이 당신을 무척 좋아하고 있어요. 그렇지만 누구도 당신을 진정으로 안다고는 할 수 없을 거예요. 더구나 당신은 나를 돕기 위해 여기에 있는 거예요. 그걸 잊어선 안 되겠죠. 하지만 이 모든 것이 당신이 말한 푸른 산과는 너무도 거리가 멀지 않나요? 설령 그 섬이 존재하지 않는다 해도……"

"날 믿지 못하는 거요?"

그는 슬픈 기색도 화난 기색도 없이 그렇게 말했다. 사람들에게 미쳤다는 소리를 듣는 사람들만이 가진 맹목적인 확신 같은 것이 그에게 있는 것처럼 보였다. 그런 사람들은 크나큰 고독이라는 대가를 치르면서도 기꺼이 자신이 가진 확신을 버리지 않는다. 그런데 내가 그의 눈빛 속에서 바로 그런 불꽃을 알아보았고, 그것을 마치 내 것인 양 느꼈다. 우리 사이에 내려앉은 침묵이 불안했다. 추위가 느껴져 양팔을 끌어안았다.

"조금 춥네요. 괜찮다면, 내일 또 이야기 나눠요. 어쩌면 당신이 그 땅을 발견하는데 내가 도움이 될 수 있을지도 몰라요. 당신한테 빚진 게 있으니까……"

내가 찬바람에 몸을 떨자, 그는 목에 맨 작은 가죽 주머니에서 사각으로 접혀진 작은 천 하나를 꺼냈다. 그것을 펼쳐 긴 스카프 모양으로 만들더니 내 어깨에 걸쳐주었다. 일찍이 그렇게 훌륭한 천은 본 적이 없었던 것 같다. 그 천은 비단보다 훨씬 더 포근하고 부드럽게 내 목과 어깨 위를 가볍게 감싸주었다. 그 천은 밤의 하늘에서 볼 수 있는 어두운 빛이 도는 푸른빛을 띠고 있었다.

"이 훌륭한 천은 어디서 구한 건가요?"

"당신을 위한 거요, 지야. 하루라는 시간이 흐르는 동안 이 천의 빛깔이 변하는 것을 당신도 알게 될 거예요. 어떤 곳에서는 이 천을 **구름천**이라고 불러요. 비취 나라에서 이것을 소유하면 사형에 처해지기도 하지요. 황제만이 이 천을 사용할 수 있었기 때문이오. 심지어 이름을 부르는 것조차 금지되어 있기 때문에 비취 나라 사람들은 이 천을 '**말해선 안 되는 것**'이라는 말로 부르곤 했어요."

천의 주름을 펼치면서 그는 마치 온갖 과거의 추억들로 거슬러 올라가기라도 하는 듯, 폭풍우가 치던 어느 밤 자신에게 이 구름천의 기원에 대해 이야기해준 늙은 여관 주인을 만난 이야

빈 가오 풍경

기를 내게 들려주었다. 이븐 브라자딘이라는 그 여관 주인은 문제의 거대한 땅, 바로 오르배 섬 출신이었다. 그는 손수 적은 한권의 책, 『인디고 섬 이야기』를 코르넬리우스에게 맡겼다고 한다. 그 책에는 인디고 섬에 관한 두 개의 지도, 그 위치에 관한 몇 가지 지침들, 거대한 섬 오르배에 관한 이런저런 의견들, 그리고 왕관 모양의 구름과 그곳의 기후 등에 관한 내용이 포함되어 있었다. 아울러 구름 같은 풀 송이들을 채취하는 모습이 담긴 스케치도 있었다고 한다. 그때 코르넬리우스의 나이는 내가 아버지와 **대귀항 축제**에 참가했을 때보다 겨우 몇 살 위였던 것 같다. 그 일이 있은 후로 그는 오랜 여행을 해왔던 것이다. 비로소 그가 건넨 선물의 엄청난 의미를 이해할 수 있었다. 나는 두르고 있던 스카프를 어깨에서 풀었다.

"받을 수 없어요, 코르넬리우스."

"간직해둬요. 인디고 섬에서 가져 온 거니까요."

그는 어둠 속에서 내 시선을 찾으려 반쯤 몸을 돌렸다. 그리곤 말했다.

"마치 처음부터 당신 거였던 것 같소."

우리는 가까이 붙어 있었다. 나는 비열한 바다와 교활한 조류, 눈에 띠지 않는 암초들, 바람이 부는 대로 떠다니는 안개무

리, 위협적인 파도, 끝없이 이동하는 갯벌과 모래 늪, 사악한 소
용돌이, 지도에는 드러나 있지 않은 모든 것들을 경계했다. 무
엇보다도 단단한 땅 위를 살고 있다고 믿는 사람들과 우리 발아
래 움직이는 무언가가 존재하고 있음을 믿고 있는 사람들 사이
에는 커다란 차이가 있다. 하지만 우리가 서로 입을 맞추었을
때, 뭔가 알 수 없는 것이 사라져버리는 것 같았다. 아니, 그보다
는 무엇인가 태동하는 것을 전혀 느끼지 못했다고 하는 편이 맞
을지 모르겠다. 바로 그날 저녁 나는 다시금 삶의 비밀 속으로
빠져들었다.

며칠 뒤 정크선 한 척이 빈 가오 만에 닻을 내렸다. 이어 세 명
의 남자를 태운 작은 보트 한 척이 해변으로 다가왔다. 제일 먼
저 배에서 내린 사람만 보더라도 그가 비취 나라 사람이며 절대
선원일 리 없다는 사실을 충분히 알 수 있었다. 그는 그들의 방
문을 눈에 띄게 난처해하고 있는 코르넬리우스와 따로 만났고,
이야기를 나누면서도 힐끔거리며 여러 차례 내 쪽으로 시선을
던졌다. 그의 몸짓이나 어조로 짐작컨대, 그가 코르넬리우스에
게 함께 돌아갈 것을 요청하고 있다는 것을—혹은 명령하고 있
다는 것을—알 수 있었다. 나는 그의 그런 방식이 싫었다. 코르
넬리우스는 오랫동안 비취 나라에 살았고, 그곳에서 관직에 몸
담고 있었다고 했다. 내게 들려준 바에 따르면, 그는 황제의 궁
전에서 **밤의 대신**들에게 지도 제작법을 배웠다. 그가 떠나는 것
을 보고 싶지 않았다. 절대로…… 내게서 멀어지는 그의 모습을

상상하는 것만으로도 견딜 수 없는 고통이었다.

코르넬리우스는 그날 남은 낮 시간을 혼자서 보냈다. 그에게 설명을 요구하지 않으려고 참고 또 참았다. 나는 그가 키 작은 사내에게 장문의 편지 한 통을 건네는 모습을 보았다. 편지를 읽은 사내가 괴상한 표정을 지어 보였다. 밤이 되자 어부들은 신선한 물고기를 배에 한가득 싣고 귀항했다. 우리는 진수성찬을 차려 손님들을 대접할 수 있었다. 적당하게 구워진 생선은 맛있었고, 무르익은 과일은 달콤한 향을 풍겼다. 종려나무로 빚은 술은 아몬드 우유*보다 더 달콤했다. 게다가 평상시에도 늘 볼 수 있는 빈 가오 사람들 특유의 쾌활함은 인간을 혐오하는 사람이라도 이들과 함께한 시간을 그리워하게 만들 정도였다. 그럼에도 키 작은 사내를 즐겁게 해줄 수 있는 건 아무것도 없었다. 그는 끝내 자신의 구미에 맞는 음식을 찾지 못했고, 나는 나대로 그가 마음에 들지 않았다.

코르넬리우스를 다시 만났을 때, 나는 그 사람들이 누구인지, 왜 그들이 그를 찾으러 왔는지 묻지 않을 수 없었다.

"난 그들과 함께 떠나지 않아요."

코르넬리우스가 즉시 대답했다.

나는 고개를 돌려 감정을 숨겼다. 그가 내 손을 잡으려고 다

---

* almond milk. 두유처럼 아몬드를 갈아서 만든 음료.

가왔다.

"사실, 지야라, 오히려 당신에게 물어보고 싶은 것이 있소. 내가 당신 배에 오르는 것을 허락해줄 수 있는지……"

이튿날, 그 키 작은 사내는 코르넬리우스에게 작별을 고했고, 내게도 몸을 굽혀 인사했다. 나는 안도의 한숨을 내쉬며 그가 탄 정크선이 떠나는 모습을 바라보았다.

나는 동료들이 코르넬리우스를 어떻게 받아들일까 하는 마음에 조금 신경이 쓰였다. 에르칼로스는 코르넬리우스에게 일정한 거리를 두고 있었고, 우정을 얻어내는 일 따위에는 전혀 신경도 쓰지 않는 듯한 눈치였다. 그는 언제 터질지 모르는 다혈질 그 자체였다. 하지만 그런 성격은 코르넬리우스에게 어떤 영향도 끼치지 못했다. 코르넬리우스는 누군가 자신을 모욕하면 주먹질도 불사하는 사람이었고, 에르칼로스도 이미 그런 그의 성격을 잘 알고 있었다. 그렇다고 제낭드르가 문제를 일으키지는 않을 것이다. 그는 해적과의 전투 이후, 조금 심하다 싶을 정도로 정신을 놓아버렸다. 그는 논리적인 구석이라곤 전혀 없는 잡다한 이야기를 중얼대면서 해변 이곳저곳을 돌아다녔다. 끝으로 마테오는 처음부터 나와 동행해온 사람이다. 캉다아의 대선단을 지휘한 이래로 나는 그에게 일등 조타수라는 막중한 임무를 맡겨왔다. 그는 능수능란한 항해사이자 수많은 경험을 몸으로 익힌 선원이었다. 파도와 조류를 읽어낼 줄도 아는 사람이었다. 나는 알고 있었다. 만약 바다 위에서라면 그가 코르넬리우스를 한번쯤은 시험할 거란 사실을. 그러나 그 전엔 아니었다.

하지만 정작 나는 사랑하는 코르넬리우스에 대해 알고 있는 바가 별로 없었다. 함께 잠수하러 그를 이끌고 갈 때면, 그는 물속을 그다지 편안해 하지 않았다.

드디어 나디르호가 바다로 나갈 수 있게 되었다. 다시 바다에 띄워진 배는 어느 때보다도 우아한 자태를 뽐내며 마을을 마주하고 출렁이고 있었다. 코르넬리우스는 파당과 함께 선원을 모집하러 이웃 섬들로 떠났다. 며칠이 지난 후, 두 사람은 세 명의 젊은 어부와 함께 돌아왔다. 그들은 이미 서로 허물없는 친구가 되어 있었다. 그들은 모래밭으로 쪽배를 끌어올리기 위해 일사분란하게 물속으로 뛰어들었다.

'됐어, 최소한 세 사람은 있는 거네.'

그런데 그들의 뒤로 얼핏 보기에도 남루한 두 명의 작달막한 노인들이 따라 내려오는 모습이 눈에 띄었다. 누더기 옷을 걸친 그들은 백 년쯤은 족히 햇볕에 그을린 것 같은 쪼글쪼글한 피부를 하고 있었다.

파당은 그들을 내 쪽으로 떠밀었다. 엉거주춤한 자세로 서 있는 그들의 모습을 보고 절이라도 하려나 보다 생각했다. 하지만 나이가 너무 많아 허리가 굽은 그들은 모래밭을 향해 계속 구부정하게 서 있을 수밖에 없었다. 나는 눈짓으로 코르넬리우스에게 물었다.

'대체 이 가련한 두 노인을 나더러 어쩌라는 거죠? 앙상한 두 다리로 간신히 버티고 서 있는 거 안보여요?'

코르넬리우스는 내게 어쩔 수 없었다는 듯 애매모호한 손짓을 보냈다. 그러는 동안에도 그들은 아무 말도 없이 한낮의 뜨거운 땡볕 아래 모래밭에 심어진 듯 우두커니 서로 손을 맞잡고 서 있었다. 이윽고 어부들이 떠들던 소리를 멈췄다. 마을 사람들이 동요하며 우리 주위를 에워쌌다. 갑작스런 침묵에 파당이 덜컥 겁이 났는지 목소리를 가다듬었다. 그는 이 오안과 타노베이라는 노인들이 바다와 바람의 비밀을 알고 있는 크산 섬의 마법사들이라고 말해주었다. 그들은 오래전부터 돌고래 여인에 관한 소문을 익히 들어왔던 터라, 이 눈부시게 빛나는 거대한 배에 승선시켜주길 요청하고자 나를 만나러 왔다는 것이다. 두 노인이 턱을 조금 움직여 그렇노라 시인했다. 그러더니 노파가 종종걸음으로 다가와, 내 목 언저리로 야윈 손을 뻗어 상아로 만든 돌고래를 조심스레 감싸 쥐었다. 나는 노파가 짤막한 주문을 중얼거리는

86

소리를 들었다. 노파가 돌고래를 놓아주자 돌고래는 매달려 있던 줄 끄트머리에서 더없이 아름다운 모습으로 두세 번 재주를 넘었다. 노파는 입술을 옆으로 늘여 미소를 짓는 것처럼 보였고, 영감도 웃을 듯 말 듯 얼굴에 주름을 지어 보였다. 두 노인은 기쁨에 겨워 서로 축하의 말을 나누었다. 노인은 자신의 턱수염 세 가닥을 뽑아 엄지와 검지 사이에 쥔 채 하늘을 향해 높이 치켜들었다. 그러자 곧 가볍게 미풍이 일어나더니 세 가닥의 가는 털을 흔들었다. 반면 정박지 쪽에는 돌풍이 몰아치고 있었다.

거대한 파도가 나를 해적에게서 구해주었던 일이 있었던 이후, 다른 곳에서라면 미신이라고 여겼을 법한 이런 초자연적인 힘을 더 이상 가볍게 여기지 않게 되었다. 이 두 늙은 주술사는 순간순간마다 바람과 바다와 물의 정령과 요정에게 말을 건네며 살아가는 섬에서 온 사람들이 아니던가. 그들은 그들만이 알아차릴 수 있는 여러 징후에서 정령과 요정의 뜻을 읽어낼 수 있다고 주장했다. 굳이 그런 재능을 멀리할 이유가 없다는 생각에 그들의 승선을 허락했다. 그러자 코르넬리우스가 내 팔을 덥석 잡는 게 아닌가. 그가 너무도 놀라는 표정을 짓고 있어서 오히려 내가 다 의아했다. 나는 어깨를 가볍게 으쓱하면서 그에게 미소를 지어 보였다. 그런데 그는 마치 신의 존재를 믿지 않는 대표자라도 된 듯 마뜩잖아 하며 그 자리에 가만히 서 있었다. 파당마저도 난처한 눈치로 우리 모습을 지켜보았다. 불룩한 눈꺼풀 아래 있는 두 노인의 눈도 영문을 몰라 그저 우리를 물끄러미 바라보고 있었다. 하지만 그 와중에도 그들은 계속해서 머리를 끄덕이며, 한편으론 우리를 이해한다는 몸짓을 취하고 있었다. 그 순간 갑자기 우리 세 사람은 미친 듯이 웃음을 터트렸다. 그러자 이번에는 노인들이 웃음을 터트렸다. 두 노인은 한참을 그렇게 크게 웃었다. 이가 다 빠져버린 입에서 헛기침이 날 정도로, 딸꾹질까지 해가며 몸을 들썩이며 웃었다. 좋은 징조였다. 유머야말로 여행의 훌륭한 동반자가 아니던가. 새로워진 배, 그리고 새로운 얼굴들이었다. 나는 난생 처음 진주잡이 해녀들을 배에 태우기로 결정했다. 함께 가자고 그들을 설득하는 일은 어려울 게 없었다. 그들도 모험에 걸맞게 타고난 자들이었으므로.

펼쳐져 있던 돛이 다시 바람에 부딪치는 소리를 내기 시작했을 때, 나무가 찰랑거리는 물결에 화답하며 노래했을 때, 경사진 파도를 거슬러 오르려 충분히 기울어진 갑판이 내 발 아래에서 기분 좋게 솟아올랐을 때, 나는 목에 걸려 있던 돌고래가 펄쩍 뛰어오르는 것을 느꼈다. 앞으로 펼쳐질 몇 년의 시간이 훗날 우리가 바다에서 보냈던 가장 아름다운 시절이 되어줄 것이란 사실을 돌고래는 이미 알고 있는 듯했다.

나는 바로 곁에 코르넬리우스가 있다는 것을 느낄 수 있어서 좋았다. 위험과 불확실에 대하여 한마음이 되어 맞설 수 있어서, 또 함께 웃고 감탄할 수 있다는 사실이 더없이 좋았다. 내가 알고 있다고 여겼던 모든 장소를 그와 함께 다시 가보았다. 세상에 대한 나의 시야는 넓어졌고, 종종 술에 취한 듯한 기분이 들기도 했다. 그가 곁에 있다는 사실 때문인지 세상에서 가장 진부한 풍경마저도 열 배쯤은 더 강한 인상을 주었다. 심지어 우리는 서로 손으로 살짝 건드리거나 어깨를 스칠 필요조차 없었다. 서로에게 어떤 느낌이 생기면, 그 즉시 같은 감정과 같은 떨림을 신비롭게 공유할 수 있었다. 저 멀리 보이는 수평선은 새로운 삶이 우리 앞에 펼쳐져 있음을 은밀하게 속삭여주고 있었다.

코르넬리우스는 항해에서 자신이 지켜야 할 위치를 잘 지키고 있었다. 하지만 우리가 어떤 야생의 장소에 접근하기라도 할 때면, 그는 발바닥이 근질근질해 못 견디는 것 같았다. 그는 천생 뭍의 사내였다. 구름 속에 가려진 산봉우리나 불길이 치솟는 화산을 발견하면 그는 지체 없이 그곳을 향해 나디르호의 뱃머리를 돌려달라고 부탁하곤 했다. 연기를 마시지 않기 위해 헌 옷으로 코를 대충 막은 채 배에서 내려 뭍으로 성큼성큼 걸어가 간략한 보고서를 작성하거나, 아니면 그 지역의 지도를 그렸다. 내가 함께 갈 때도 있었지만, 그는 대부분 파당을 대동하고 탐사에 나섰다. 심지어 화산이 분화될 조짐을 보이는 위험한 상황에서조차 탐사에 나서고자 했고, 그런 그를 단념시키는 건 너무도 어려웠다. 내게 곧 돌아오겠노라고 약속을 해놓고선 항상 더 멀리까지 나아가곤 했으니까. 나는 그런 순간마다 나디르호에 홀로 남아 있는 게 끔찍이도 싫었다. 하늘은 요란한 소리를 내며 울부짖었고, 유황의 악취를 공중에 뿌려댔다. 나는 불이라도 난 것처럼 붉게 물든 하늘 아래서 밤새도록 그를 기다렸다. 타노베이는 뜬눈으로 뱃머리에 앉아 중얼중얼 기도를 드렸다. 화산의 붉은 불빛이 반사된 노파의 하얀 머리카락은 흡사 이글거리는 불길 속에서 떨고 있는 작은 영혼처럼 느껴졌다.

어느 날 그에게 타노베이와 내가 함께 느꼈던 불안감을 설명하자 그가 웃으면서 말했다.

"타노베이는 항상 그 모양이라니까!"

"비웃지 마세요! 그때는 내 모습이라고 더 나을 게 없었어요. 나도 그녀와 똑같은 모습이었다니까요. 모두 당신을 걱정했어요. 타노베이가 예전에 살던 크산 섬에서는 화산을 지옥으로 통하는 문이라고 말했어요."

"그렇게 생각하는 건 다른 지역에서도 마찬가지요. 하지만 화산은 그저 불구덩이에 지나지 않소, 지야라. 우리 같은 생명체를 구성하는 네 가지 원소* 중 하나일 뿐이오! 조심해서 화산에

* 물·불·공기·흙을 말한다.

접근하기만 한다면 위험하지 않아요. 게다가 유일한 위험이라고 해봐야 화상을 입는 것일 뿐, 구렁텅이 속으로 내던져져 악마에게 잡아먹히는 건 아니라오!"

악마는 우리의 주요 화제들 중 하나였다. 동료들 대다수가 자신은 실제로 악마를 만난 적이 있다고 주장하기도 했다. 나 역시도 악마가 존재한다고 믿는 쪽이었다. 하지만 코르넬리우스만큼은 숨김없이 악마의 존재를 부정하고 있었다. 그는 악마라는 존재를 손등으로 쓱 밀어 치워버린 듯 염두에 두지 않는 것 같았다. 우리는 중단되었던 대화를 다시 이어나갔고, 온갖 것들을 비교해보았다. 여기서는 효력이 있지만 다른 곳에서는 인정받지 못하는 여러 믿음에 관해서, 우리 몸과 같은 작은 세계와 우리가 살아가는 땅처럼 거대한 몸에 관해서, 온갖 종류의 악마와 마법에 관해서, 그리고 전설에 나오는 바다의 피조물들, 먼 곳을 여행하는 거대한 새들, 유성우流星雨, 신비로운 일식 현상, 혜성의 출현에 관해서도 이야기를 나누었다. 이런 이야기들은 우리를 웃게 만들기도, 눈이 동그래지게도 했으며 실로 제각각 다른 설명을 펼치기도 했다. 우리가 모두 똑같은 방식으로 세상을 살아갈 수는 없지 않은가! 우리를 이끄는 해와 달, 별까지도 사람들은 모두 각기 다른 방식으로 그것들을 바라본다. 정말이지 우리는 수많은 여행을 경험했다. 하지만 아직도 발견해야 할 수많은 진귀한 것들이 남아 있지 않은가! 나는 코르넬리우스가 찾고 싶어 하는 그 땅을 떠올려보곤 했다. 어느 미지의 하늘 아래에 가만히 누워 있을 오르배 섬을, 풀로 뒤덮인 광활한 공간을, 아련한 푸른 산을 상상해보았다. 그가 길을 나서도록 부추기고 매혹했던 것을 떠올려보았다. 그건 바로 그 섬, 그리고 그 산이었다. 나는 그토록 그의 마음을 사로잡았던 매혹적인 무언가를 이해할 수 있었지만, 한편으로는 두렵기도 했다. 코르넬리우스가 이야기를 할 때면 그 알 수 없는 무언가가 언제나 자리하고 있는 것 같았다. 그건 마치 지울 수 없는 어떤 얼룩과도 같아서, 심지어 그가 다른 것으로 화제를 돌렸을 때에도 계속해서 나타났다. 다른 사람들이라면 이 일을 시간의 흐름에 따라 퇴색되는 낡은 기억 속에 남겨진 엉뚱한 생각쯤으로 치부해버렸을 것이다. 하지만 나는 그를 그토록 잡아끌던 유령과도 같은 나라 이면에, 실제로 보고 느낄 수 있는 어떤 현실 세계가 있을지도 모른다고 짐작했다. 그가 그린 그 나라에 관한 여러 풍경들을 함께 꿈까지 꾸기까지 했으니 말이다.

우리 사이의 유일한 차이가 있다면 배에 대한 책임의 문제뿐이었다. 나는 배의 선장이었다. 우리는 앞으로 가야 할 방향을 함께 선택할 수는 있었다. 하지만 위험에 맞닥뜨렸을 때 잘못

된 판단을 범하거나, 혹은 판단을 주저하게 될 경우 큰 일을 당할 수도 있다. 예를 들어 모래주머니를 풀어 모래를 흘려버릴 것인가 말 것인가를 적시에 결정함으로써 배와 선원들 전체를 물에 빠뜨릴 수도 혹은 그러지 않을 수도 있기 때문이다. 오직 그러한 최종적인 결정을 내려야 하는 의무는 나만이 지고 있었다. 무거운 짐이기도 한 이 특권에 있어서 나는 타협할 줄 몰랐다. 코르넬리우스도 이 특권에 토를 달지 않았다. 하지만 딱 한 번 그가 나의 특별한 권한에 반대한 적이 있었는데, 그것은 **키눅타 섬**에서였다. 그때 나는 섬을 탐사하고 싶어 하던 그의 갈망을 모른 체하고 가능하면 빨리 닻을 올려 항해를 시작할 수 있도록 돛의 위치를 맞추라고 명령을 내렸다. 내가 옳았다. 머지않아 내 주장이 옳았다는 것을 모두가 확인할 수 있었으니까. 그 작은 만灣 전체가 식인종들을 가득 태운 작은 배들로 뒤덮이는 광경을 지켜봐야 했으니 말이다. 우리는 전투를 치러야만 했다. 만일 타노베이와 오안이 기적처럼 개입해 야만스런 식인종들에게 공포심을 안겨주고, 또 놀라운 마법으로 바람을 일으키지 않았더라면 우리는 모두 이 끔찍한 살육의 향연에 제물로 바쳐졌을지도 모를 일이었다.

하지만 오래지 않아 그 혐오스러운 섬은 등 뒤에 박힌 보잘 것 없는 점, 그 이상도 이하도 아니게 되었다. 대신 나는 우리의 작은 공동체를 새로운 별들이 떠 있는 곳으로 이끌 수 있었다. 우리는 어느 카누 조종자에게서 구입한, 조금은 불완전해 보이는 지도를 토대로 코르넬리우스가 다시 작성한 지도에 의존해 항해를 계속했다. 코르넬리우스가 혼신을 다해 만든 지도는 아주 훌륭했다. 그렇게 아름다운 지도를 단 한 번도 본적이 없었다. 그 지도는 어두운 색상의 종이 위에 하얀 유백색 잉크로 십여 개의 육지와 작은 섬들을 형상화하고 있었다. 잉크의 빛깔은 마치 달빛과 같이 빛나고 있었다. 물론 그 지도에는 코르넬리우스의 섬, 오르배 섬도 그려져 있었다.

우리는 그 섬이 실제로 존재하는지에 대해 서로 질문을 주고받으며 매일 밤 함께 지도를 뚫어져라 바라보곤 했다.

그것은 이루지 못할 꿈도 헛된 망상도 아니었다. 어느 날 아침, 우리는 저 멀리서 솟아올랐다가 다시 가라앉는 왕관 모양의 구름을 볼 수 있었다. 그것은 커다란 섬 위에 떠 있었고, 섬 둘레를 둥글게 감싼 채 천천히 돌고 있었다. 우리는 그 광경에서 잠시도 눈을 뗄 수가 없었다. 마치 살아 있는 생명체가 숨을 쉬고 있는 것만 같았다. 그 섬은 크기가 워낙 커서 수평선을 가득 채울 만큼 우리 눈앞에 넓게 펼쳐져 있었다. 우리는 열흘 밤과 열흘 낮 동안 그 거대한 땅을 둘러싸고 가파른 절벽을 따라 섬 둘레를 한 바퀴 돌았다. 아침이면 나디르호의 작은 그림자가 햇빛으로 반짝이는 절벽을 배경으로 미끄러지듯 항해 했고, 밤이 되면 섬의 줄지어 선 절벽들이 저 먼 바다까지 드리우는 거대한 어둠의 고리 속으로 들어가 몸을 숨겼다. 마침내 열하루째 되던 날, 절벽 아래쪽을 때리던 파도의 거친 숨소리가 잦아들었다. 해안처럼 푹 패여 들어간 공간이 하늘 높이 치솟은 절벽의 장막 사이로 모습을 드러냈다. 움푹 들어간 여러 개의 곳이 줄지어 있는 그곳은 깊숙이 자리 잡은 넓은 만으로 배들이 지나갈 수 있는 통로가 되어주고 있었다. 이윽고 안쪽 깊숙한 곳, 푸른 협로 저 멀리 깊은 곳에 도시 하나가 확연하게 그 모습을 드러냈다.

나는 이 천국과도 같은 광경에 돌연 목이 메어왔다. 우리는 코르넬리우스의 꿈을 좇아 이곳까지 왔다. 그런데 막상 목표에 가까이 다가서자, 그가 정말로 그것을 손에 넣을까봐 두려워졌다.

"오르배……"

나는 손을 내밀어 그의 손을 잡았다.

우리는 만을 가로질러 십여 척의 배 사이로 닻을 내렸다. 통역관 한 명과 여러 명의 관리가 우리 배로 올라왔다. 세상의 다른 모든 항구에서와 마찬가지로 그곳에도 거쳐야만 하는 몇 가지 형식적인 절차가 있었고, 통행세도 지불해야 했다. 모든 절차는 매우 신속하게 처리되었다. 우리는 도시를 둘러보고 싶은 마음에 조바심이 일었다. 나디르호에서 부두에 이르는 동안, 우리가 탄 작은 배는 일찍이 본 적이 없는 다양한 형태의 배들을 지나쳐 갔다. 항구에서 들려오는 갖가지 소리는 여느 기항지에서 들었던 소리와 비슷했지만, 배에서 내린 뒤 받은 인상은 지붕을 비추는 햇빛에서부터 다채로운 옷차림과 말투에 이르기까지 익히 경험해보지 못한 완전히 새로운 것이었다. 우리는 시장을 가로질러 가파른 오르막을 이루는 오밀조밀한 골목길 속으로 비집고 들어갔다. 그곳에서 한 번도 본 적 없는 신기한 과일을 포함하여 온갖 종류의 과일을 맛볼 수 있었다. 생김새와 맛도 완전히 새로운 갖가지 과일을 베어 물며 즐거워했다. 심지어 나는 고향 캉다아의 대귀항 축제에서도 이토록 새로운 감흥을 느끼지 못했다.

정박한 지 사흘째 되는 날, 오르배의 관리 여럿이 우리가 가지고 있던 지도들을 살펴보기 위해 나디르호를 방문했다. 그들은 그중 세 개의 지도를 자기들에게 맡겨두라고 요청해왔다. 그 가운데는 우리에게 가장 소중한 지도, 즉 우리를 이곳까지 인도해준 코르넬리우스의 지도가 포함되어 있었다. 그들은 우리에게 도시 중심부를 넓게 차지하고 있던 **우주학자들의 궁전**으로 따라오길 청했다. 그들은 지도를 차후에 되돌려줄 거라고만 알려주었고, 그것이 언제일지는 정확히 말하지 않았다. 대신 지도가 반환될 때까지 우리는 온전한 자격을 갖춘 초대받은 손님으로 대접받을 것이라고 했다. 코르넬리우스는 그 체류 기간을 섬의 내륙 지역에 관해 더 많은 것을 알아볼 수 있는 기회로 삼고 싶어 했다. 그런 그의 생각이 마음에 썩 내키진 않았지만, 오르배에는 감탄을 자아내고 즐거움을 가져다주는 수많은 기회가 있기에 그를 나무라고 싶지는 않았다. 나도 곧 그와 함께 다른 여행자들을 만나러 길을 나섰다.

우리 배의 갑판은 금세 이런저런 여행자들을 불러 모으는 훌륭한 만남의 장소가 되었다. 자고로 선원들이란 갖가지 이야기 보따리를 풀어놓길 좋아하는 법. 개중 몇몇 선원에게 이야기란 곧 항해술에 버금가는 하나의 기술이기도 했다.

포사니아스라는 선장은 여러 나라 말을 할 줄 알았고, 다행히 우리말도 할 줄 알았다. 그는 밧줄 굴림대 위에 걸터앉아 이야기를 하면서 마치 키를 잡고 배를 조종하듯 좌중을 휘어잡았다. 그의 부드러운 목소리는 이야기에 특별함을 더했고, 단순한 손짓에도 온몸의 기운을 담아내는 그의 독특한 제스처 역시 이야기를 무척이나 특별하게 만들어주었다. 하지만 화로 가까이에 앉아 있던 타노베이와 오안만큼은 몇 분이 지나지 않아 잠에 빠져들기 일쑤였다. 이야기를 들어도 전혀 이해할 수 없던 그들은 눈꺼풀이 무거워지면 그저 서로의 어깨에 기대 잠을 청하곤 했다. 반면 빈 가오에서부터 함께 온 세 명의 진주잡이 해녀들은 그의 이야기를 경청하며 눈을 커다랗게 뜨고선 공상에 빠져들었다. 그 모습을 지켜보던 나는 분명 나우가 포사니아스를 본 첫날 저녁부터 그에게 반했을 거라는 생각이 들었다. 아니 어쩌면 반대로 포사니아스가 그녀에게 반했던 것인지도 모른다. 안과 닌은 그것에 대해 아무런 질투심도 느끼지 않았다. 사실 두 사람에게도 관심을 갖거나 애정을 품은 남자가 있었기 때문이다. 그들의 매혹적인 미모는 우리 배에 그토록 많은 청중들을 몰려들게 했다. 저녁 식사를 마치고 나디르호 갑판에서 벌어지는 이런저런 모임들을 바라보면서 빈 가오 해변에서 보냈던 저녁 시간의 온화한 분위기를 느낄 수 있었다. 다만 차이가 있다면 우리 주변에 거대한 돛대 숲과 도처에 불을 밝힌 초롱불들이 있다는 점, 그리고 우리가 들었던 이야기를 메아리처럼 받아치며 모든 삶의 이야기를 펼쳐내고 있는, 도시라는 원형 극장이 있다는 점이었다.

어느 날 저녁, 세 척의 검은 돛을 단 배가 조용히 항구를 거슬러 올라가는 모습이 보였다. 매끄럽게 잘 빠진 길쭉한 형태의 배였다. 그 배들은 낯선 모습으로 장식되어 있었다. 포사니아스가 한창 이야기하던 도중 갑자기 말을 멈췄다. 우리는 모두 정박을 준비하는 그 범선들을 보려고 뱃전의 난간으로 몰려갔다. 선원들은 돛을 내리고 노를 정리해 넣었다. 그 배들은 우주학자들의 궁전 가까이로 난 경사면 위로 끌어올려졌고, 곧바로 성벽 안쪽 움푹한 곳에 있는 거대한 문 뒤로 모습을 감추었다.

코르넬리우스는 조금 전에 본 검은 돛을 단 배들에 관해 한참을 이야기해주었다. 바로 **비취 나라**까지 가는 배들이었다. 그들은 **구름천**을 가져가서 **밤의 대신**이라고 불리는 그곳의 학자들이 온갖 재능을 쏟아 제작한 밤의 지도와 교환하고 돌아온다고 했다. 코르넬리우스 자신도 예전에 밤의 대신들을 위해 일한 적이 있었지만, 그들이 맞이했던 신비에 싸인 의문의 방문자들에 관해서는 알아낼 수 없었다고 말했다. 코르넬리우스도 저 배들을 이렇게나 가까운 곳에서 본 것은 이번이 처음이라고 했다. 포사니아스는 검은 돛을 단 배의 항해자들에 관해 들어 알고 있던 내용을 우리에게 가르쳐주었다. 궁전 사람들이 조달 상인이라 부르는 그들은 세계 곳곳에서 갖가지 지도를 구해오는 임무를 띠고 있다고 했다. 그 범선들의 돛은 어두운 색깔로 보이지만, 실제로는 검은색이 아니라고 했다. 그들의 돛은 구름천으로 만들어지기 때문에 깜깜한 밤에 항해할 때면 밤하늘의 빛깔을 띠게 되는 것이라고 했다.

이튿날 항구를 산책하던 도중 포사니아스가 우리에게 말했다.

"지금 보고 계신 거대한 궁전이 오르배를 다스리고 있습니다. 이미 저곳에 들어가보셨을 테지요. 저 궁전은 우주학자 계급에게 하사된 공간이지요. 그들은 땅에 관한 그림들을 가능한 한 많이 수집하는 일, 오직 그 일을 위해 저곳에서 살고 있는 겁니다. 그들이 모든 자금을 오직 그 일을 위해 쓴다고 해도 과언이 아닐 겁니다. 심지어 저기에 모여 있는 사람들은 자신의 삶은 물론이고 지적인 능력까지 죄다 그 일에 바치고 있다 해도 틀린 말이 아닙니다."

"지도에 관한 열정은 나도 이해합니다."

코르넬리우스가 그에게 자신의 속마음을 털어놓았다.

"제 생각은 좀 다릅니다. 그들과 당신의 열정은 같은 것이 아닙니다. 당신들이나 나, 우리는 모두 실제로 여행을 했지요. 하지만 우주학자들은 결코 자신들의 궁전을 떠나는 법이 없어요. 그들은 오로지 자신들의 섬에만 관심이 있습니다. 그리고 매 순간 변화무쌍하게 변하는 자신들의 섬을 탐구하는 일에 결코 싫증 내지 않지요. 그런 섬을 떠나는 것은 상상조차 할 수 없는 일이고요. 때문에 다른 곳으로 추방되는 것은 그들에게 최악의 형벌인 셈이지요. 나머지 세상은 상상에 맡겨두면 그만입니다."

"말씀을 들어보니, 어느 정도는 모든 지도 제작자들에게 해

당되는 말인 듯한데요. 아닌가요?"

"어느 정도는 그럴 겁니다. 하지만 세상을 만나는 데는 셀 수 없이 다양한 방식들이 있는 법이지요. 당신들도 그렇게 생각하지 않나요? 가령 우리가 가진 지도는 무역로를 따라가는 데도, 새로운 나라들을 발견하는 데도, 경우에 따라서는 전쟁을 치르는 데도 사용되니까요. 내가 말하고 싶은 것은 지도의 용도가 곧 그 지도의 형식을 암시한다는 것입니다. 이건 우주학자들과 관련해서 하는 말은 아니에요. 그들은 해안선을 정확하고 상세하게 그리는 일에 있어서 우리보다 덜 까다롭게 굽답니다. 반면에 지도를 그리려고 붓을 든 사람의 감정이나 감각에 관해서라면 훨씬 더 까다로운 게 분명해요. 그들이 필요로 하는 것은 전대미문의 묘사, 다시 말해 열정과 영감으로 충만한 여행 안내도인 셈입니다. 한마디로 말해 가장 기이하고도 가장 독창적인 것들로 이루어진 지도를 원한답니다. 그렇게 만들어진 지도에서 그들은 갖가지 이야기와 다양한 법칙을 이끌어내곤 합니다. 아, 구체적으로 어떤 것들인지는 내게 묻지 마세요. 내가 보기엔 그들 말고는 누구도 이해할 수 없으니까요. 다만 그들이 이룩한 위대한 업적이라면, 그렇게 수집한 엄청난 양의 자료를 모두 그들 나름대로 묘사한 독특한 물건으로 재현해둔다는 데 있을 것입니다. 그리고 그들이 재현해놓은 **안쪽땅**이란, 여러분들이 이곳에 도착하면서 보셨던 구름으로 이뤄진 **안개강** 안쪽으로 펼쳐져 있는 땅을 이릅니다.

"저 역시 그곳에 대해 좀 알아보려고 시도해봤습니다만……."

"만일 당신이 정말로 그곳에 대해 좀 더 알고 싶으시다면, 친애하는 코르넬리우스, 나는 당신이 궁전 안에 있는 정원을 직접 방문해보시길 권하고 싶군요. 사람들이 **안쪽땅 정원**이라고 부르는 곳 말입니다. 그곳에 가서 한 번 둘러보세요. 사람들에게 질문해서 얻어내는 것보다도 훨씬 더 많은 것을 알게 될 겁니다."

포사니아스는 갑자기 말을 끊었다. 나는 그의 시선이 향하는 곳을 따라가보았다. 우리가 있는 곳에서 열 걸음 정도 떨어진 어느 작은 가게에서 빈 가오의 해녀 세 명이 웃음을 터뜨리며 나오고 있던 참이었다. 나우가 내게 살짝 손짓을 해 보였다. 나는 그녀가 우리와 우연히 마주쳤다고는 생각지 않았다. 그사이 포사니아스는 느닷없이 코르넬리우스에게 작별 인사를 했고, 내게는 허리를 굽히며 예를 표했다. 코르넬리우스가 조바심을 내며 그의 다음 설명을 기다리고 있었는데도 말이다.

"혹시 오늘 저녁 시간 되시면, 좀 더 조용한 곳에서 하던 이야기를 다시 나눌 수 있을까요?"

그가 약간 장난기 어린 어조로 내게 귀띔해주었다.

"그러지요."

이번에는 내가 허리를 숙이며 응했다.

"친애하는 포사니아스, 당신은 언제나 우리 배에서 환영받는다는 걸 굳이 말하지 않아도 알고 계시죠?"

그는 대답 대신 미소를 지어 보였다.

우리는 안쪽땅 정원을 보러 갔다. 그곳은 캉다아에 있는 해군사령부 공원보다 적어도 열 배 쯤은 더 큰 규모를 자랑하고 있었다. 게다가 훨씬 독특했던 점은 그 정원에서는 다른 곳에 전혀 알려지지 않은 동물과 식물을 구경할 수 있었다는 것이다. 그러한 다양함이 그것들이 속한 땅의 이미지를 반영하고 있는 거라면, 우주학자들이 왜 그렇게 자신들의 섬에 매혹되어 있는지 충분히 이해할 수 있다. 그곳은 마치 온 세상의 모든 기후와 온갖 형태의 생명을 한곳에 모아놓은 듯했고, 아득히 드넓은 공간에 기묘한 것들과 기상천외한 것들을 있는 대로 펼쳐놓은 것만 같았다. 그 정원 전체를 둘러보는 데는 여러 날이 걸렸고, 한 걸음한 걸음이 새로운 발견인 것만 같았다. 만일 내가 이 섬에서 태어났다면, 수평선이란 끝없는 바다 저편에 있는 것이 아니라 안개강의 저 드넓은 장벽에 있다고 알았을 것이다. 이런 생각에 잠겨 있던 바로 그때, 한 소녀와 마주쳤다. 소녀의 나이는 기껏해야 내가 노인들의 빵을 처음으로 맛보았던 때보다 조금 더 많아보이는 정도였다. 그 소녀는 나무가면 큰사슴을 그리고 있었다.

마치 나뭇가지처럼 뻗어나온 사슴의 뿔은 연극에서 쓰는 가면 모양을 하고 있었다. 나는 소녀의 정확한 손놀림에 놀라워하며 그녀의 움직임을 지켜보았다. 소녀는 수정 작업도 없이 빠르게 그림을 그려나갔다. 줄을 몇 개 긋는가 싶더니, 어느새 그 동물의 움직임을 재빨리 포착해냈다. 사슴은 풀을 뜯으며 이리저리 자리를 옮기기도 하고, 머리를 들어 놀란 표정으로 우리 쪽을 바라보기도 했다. 소녀는 큼지막한 모자로 타는 듯한 태양의 열기를 피하고 있었다. 우리는 서로 인사를 나누었다. 소녀의 이름은 아자데였고, 그녀의 아버지는 우주학자 계급의 일원이었다.

아자데는 '지도 그리는 여인'을 양성하는 학교의 신입생이었다. 그녀는 그곳에서 데생, 식물학, 역사, 문학을 배우고 있었다. 티 없고 순진한 아자데는 자신의 지식이 우리에게 도움이 되길 간절히 원했다. 소녀는 지체 없이 우리를 석회암으로 뒤덮인 숲으로 안내했다. 그 숲은 공원에 있는 여러 멋진 장소 중에서도 가장 특이한 곳이었다. 그곳에는 오르배 섬에서도 가장 오래된 과거의 흔적들이 보존되어 있었다. 물론 화석이라면 나도 전에 본 적이 있었다. 하지만 내가 보았던 화석들은 시간의 겹이 내려앉아 딱딱해진 조개껍질 같은 것들에 불과했다. 그러나 우리는 이곳에서 석회석으로 굳어져 온전히 보존된 나무들과 거대한 고사리과 식물들, 정체 모를 괴물처럼 보이는 동물들의 뼈대를 볼

안쪽땅 정원

수 있었다. 그 광경은 마치 살아 있는 상태에서 광물질을 뒤집어 씌워 굳게 만드는 마법을 부려놓은 듯했다. 그 동물들이 살았던 시기를 추정해보면, 적어도 대홍수 이전의 시기까지 거슬러 올라가야 할 것 같았다. 아자데는 세상 다른 모든 땅보다도 오르배가 훨씬 더 오래되었다고 확신하는 듯했다. 소녀는 단정하듯 이렇게 말했다.

"생명이 시작된 곳은 바로 이곳, 우리 섬이에요. 우리는 그 사실을 증명할 수 있는 수많은 증거도 가지고 있어요."

그 순진무구한 주장 앞에서 미소를 머금지 않을 수 없었다. 세상의 모든 민족은 저마다 자신들이 세계의 중심이라고 생각하는 법이다.

우리가 마주쳤던 화석 중에는 반은 사람이고, 반은 동물의 모습을 하고 있는 정말 기이한 존재가 있었다. 머리는 몸 한가운데 위치해 있었다. 그 모습은 내 고향의 초창기 지도 제작자들이 그린 환상적인 지도에서 보았던 이미지와 매우 흡사했다. 캉다아에서 **대귀향 선단**을 지휘하던 시절, 나는 자연과학에 심취한 학자들과 정기적인 모임을 갖고 서로 자문을 구하곤 했다. 학자들은 내가 직접 경험한 여행에 관해 질문을 던지기도 하고, 채집한 견본이나 잘라낸 식물 가지들, 가능하면 동물까지도 자신들에게 가져다 달라고 요청하기도 했다. 그들은 모든 다양한 것들의 기원에 관한 호기심으로 가득했다. 우리가 사는 이 세계는 언제, 어떻게 창조되었을까? 또 누가 창조한 것일까? 정말이지 캉다아의 학자들을 이곳에 데리고 와서 오르배의 학자들과 만나게 할 수만 있다면 얼마나 좋을까 생각했다. 분명한 것은 그들 모두 토론거리를 갖고 있다는 점이고, 또한 지구의 역사에 관한 그들의 견해가 완전히 바뀔지도 모른다는 점이다.

그때 코르넬리우스가 내 팔을 잡으며 지나가듯 말했다.

"만일 푸른 산 역시 이 땅의 초창기 역사를 말해주는 메아리와도 같은 것이라면, 그 산에 결코 도달할 수 없다는 이유가 설명되는 것 같지 않소?"

그렇게 오전 시간을 보내던 중 우연히 아자데의 아버지와 마주쳤다. 그는 우리를 저녁 식사에 초대했다.

이제야 고백하지만, 나는 아자데와 그녀의 아버지가 사는 거처를 보고 싶어 안달이 나 있었다. 누구든 여행 중에 현지인들이 살아가는 방식을 이해하길 원한다면, 그들이 사는 집에서 함께 식사를 하는 것보다 더 좋은 방법은 없을 것이다. 마침 오르배 주민들에 대한 호기심이 날로 커지고 있던 차였다. 우리가 항구에서 볼 수 있었던 사람들은 요컨대 우주학자들의 관심사와는 상당히 동떨어진 것들에만 관심이 있었기 때문이다. 그들의 관심사는 아주 단순했다. 어부들이나 상점 주인들, 그리고 선원들의 활동이란 온통 항구의 분주한 삶과 관련이 있었고, 서적 상인들과 지도 판매상들은 더욱 더 그랬다. 왜냐하면 서적이나 지도는 그곳에서 돈이 되는 사업이었기 때문이다. 그런 상인들을 만나기란 그리 어렵지 않았다. 그러나 그들 대부분에게 안개강 안쪽에서 벌어지는 일은 전혀 관심사가 되지 못했다. 물론 상인들도 원정대의 귀환 행사에 참석하러 가기도 하고, 이따금 안쪽땅 정원을 방문하기도 하면서 스스로 오르배 출신이라는 것을 자랑스러워했다. 하지만 그들은 다른 곳에서 온 사람들을 알아가는 일 따위에는 관심이 없는 듯했다. 오히려 오르배 섬 중심부에 살고 있다는 **인디간**들을 경멸했다. 암묵적으로는 그들 자신도 평민들과 더불어 사는 일에는 도통 관심이 없는 우주학자들의 거만함을 마음속에 간직한 채 살아가고 있었던 것이다.

약속한 대로 저녁 식사 시간 조금 전에 아자데가 우리를 데리러 나디르호에 왔다. 나는 가장 예쁜 옷을 입고, 구름천으로 만든 스카프를 둘렀다. 아자데는 우리가 모르는 경사진 작은 길을 따라 우리를 안내했다. 도중에는 정원들과 작은 마당이 곳곳에 이어져 있었다. 아자데의 아버지인 알보랑디스 브라자딘은 대문 앞까지 나와서 우리를 기다리고 있었다. 그런 식으로 그는 우리를 예우했다. 포석을 깐 커다란 안뜰에는 꽃이 핀 나무 한 그루가 심어져 있었고, 양쪽으로 기둥이 죽 늘어선 통로가 건물까지 이어져 있었다. 테라스에 차려진 호화로운 식사를 함께 들던 중, 알보랑디스는 내가 궁전에서만 사용하는 천으로 된 스카프를 두르고 있는 모습을 보고 적잖이 놀라면서도 예의를 갖추었다. 그러자 코르넬리우스는 그것을 어디에서 구했는지 설명해 주었다. 정말 기이하게도 이 스카프와 저택의 주인인 알보랑디스 사이에는 어떤 연관이 있었던 것이다.

코르넬리우스는 늙은 여관 주인이 자신에게 건네준 책의 도움을 받아 구름천의 기원이 되는 나라로 탐사를 떠나기로 했다며 운을 뗐다. 그런데 아주 오래전 폭풍우가 치던 어느 날 밤, 그가 딱 한 번 보았던 그 여관 주인이 바로 알보랑디스와 동일한 성을 가지고 있었다. 두 사람 모두 우주학자로서 유구한 혈통을 자랑하는 브라자딘 가문 사람이었던 것이다. 그렇게 많은 시간이 흐르고, 먼 길을 거친 후에 우리는 여기에 모이게 되었다. 내 어깨를 두르고 있는, 저 눈송이보다도 가벼운 밤의 빛깔로 물든 조각 천 하나가 불러일으킨 마법에 의해.

어쩌면 그때, 나는 그와 같은 우연의 일치에서 일어날 수도 있는 여러 결과에 좀 더 신경을 썼어야 했는지도 모른다.

알보랑디스는 궁전이 안개강 저편으로 파견하는 원정대의 일원이었다. 그는 언젠가 '위대한 발견자'라는 칭호를 얻어 고향으로 되돌아오겠다는 포부를 품고 있었다. 위대한 발견자는 '**진귀한 물건**'을 가져오는 사람에게만 붙여지는 칭호였다. 이에 코르넬리우스는 그에게 '진귀한 물건'이 뜻하는 바에 대해 요모조모 질문을 던졌고, 알보랑디스는 그 대답으로 기이한 동물들과 미지의 식물들을 자세히 묘사해주었다.

그가 열의에 차서 말했다.

"우주학자 개인에게 있어서 방금 말씀드린 것 중 하나를 가져오는 일보다 더 큰 영광은 없다고 할 수 있지요."

"다른 곳에서도 마찬가지입니다. 내가 **비취 나라**에 머물던 당시 아주 먼 왕국에서 들여온 기린 한 마리를 위해 황제가 베푼 호사스런 환영식이 생각나는 군요. 그것에 대해 사람들이 말하는 걸 들었던 게 기억납니다. 그때까지만 해도 우아함과 강인함이 그토록 고귀한 모습으로 조합되어 있는 동물을 본 적이 없었지요. 그 동물이 들어온 지 삼 년이 지났을 때까지도 산골짜기 가장 깊숙한 오지의 한적한 여관에서 행상들이 그 동물의 그림을 팔고 있는 것을 볼 수 있었습니다. 사실 그 그림들은 너무 조잡하고, 실제와도 다르게 그려져 있었죠. 하지만 사람들이 그 동물을 얼마나 신비롭게 생각하는지 잘 알 수 있었답니다."

내 말에 알보랑디스는 어깨를 으쓱해 보이며 말했다.

"그건 호기심의 부산물이군요. 그렇지 않소? 진부함을 벗어나게 해주는 모든 것에 대한 다소 저속한 취향 말입니다. 아둔한 사람들이 사물의 겉모습에만 관심을 갖는 것은 지극히 정상이라고 할 수 있어요. 어떻게 보면 장려해야 하는 일이기도 하고요. 위대한 발견자가 궁전으로부터 찬사를 받게 되면, 그는 모든 사람 앞에서 승리의 행진을 할 수 있는 권리를 갖게 됩니다. 언제나 그래왔듯 승리의 행진은 모든 사람이 즐기는 대규모 행사이지요. 하지만 나처럼 세대를 이어 우주학자 계급에 속하는 사람에게 '진귀한 물건'을 가져온다는 건 훨씬 더 많은 의미를 지니고 있습니다."

알보랑디스는 우리가 잘 듣고 있는지 확인하려는 듯 한동안 말을 멈추었다.

"그러니까 우리에게 그 일이 뜻하는 바는 오르배 섬이 여전히 살아 있다는 것입니다."

"살아 있다고요? 마치 생명체처럼 말인가요?"

"맞습니다. 오르배가 구름 장막 뒤편에서 새로운 피조물들을 끊임없이 창조하고 생산해내고 있다는 것을 증명하는 일이니까요. 우리 우주학자들에게 주어진 임무는 안개강 너머로 떠난 원정대의 도움을 받아, 오르배 섬이 창조의 능력으로 매번 새롭게 빚어내는 여러 증거를 찾아내는 것이고, 또 가능한 모든 묘사를 동원해 그것을 설명하는 일입니다. 실상 우리 학자들의 존재 이유가 끊임없이 지식의 지평을 확장시키는 것에 있는 만큼, 그리고 뒤집어 보면 그 지식이란 것도 결국 안쪽땅의 풍요로움에 의존하고 있는 만큼, 우리의 임무에 끝은 결코 없을 것입니다. 이러한 목적은 미지의 것에서 느낄 수 있는 사소한 전율을 한참 넘어서는 것이라는 걸 여러분은 잘 알고 계실 겁니다. 따라서 우리는 미지의 것을 받아들이는 일에만 만족할 수 없습니다. 오히려 미지의 것이 생겨나도록 부추겨야 하는 겁니다."

알보랑디스는 결론을 맺으며 말했다.

"발견한다는 것은 은총을 받는 것이나 다름없어요. 안쪽땅에 의해 선택되어야 하고, 또 그래야만 가능한 일이니 말입니다. 무수히 많은 사람들이 그렇게 되려고 노력해왔지만, 성공한 사람은 많지 않습니다."

그는 보기 드문 강한 확신으로 자신의 의견을 드러냈다. 말할 때마다 팔을 크게 휘젓거나 손을 쫙 펴기도 하고, 주먹을 꽉 쥐어 보이기도 했다. 그는 온통 그런 욕망을 품은 채 살아온 사람이었다. 나는 코르넬리우스도 여러 면에서 언제나 하나의 목적을 향해 나아가는 이상을 품고서 살고 있다는 걸 깨달았다. 그의 이상은 알보랑디스의 것보다 좀 더 확실하지만, 그것에 대해 말할 때 알보랑디스와 같은 교만함은 없었다.

나는 이상을 향한 마음이 지니고 있는 강력한 힘을 잘 알고 있었다. 심지어 나는 그것이 훗날 초래할지도 모를 참담한 상황에 대해서도 예상할 수 있었다.

며칠이 지난 후 알보랑디스는 우리에게 **우주학자들의 궁전**을 구경시켜주었다. 이 궁전을 쉽게 표현하자면, 전체가 지리학에 할애된 백여 개의 도서관이 모여 있는 거대한 미궁迷宮을 상상하면 틀림이 없을 것이다. 그도 그럴 것이 그곳에는 계란 껍데기나 자작나무 껍질을 포함하여 세상의 모든 것들에 관해, 심지어 구름의 모양까지도 지도 위에 표현되어 있었다. 알보랑디스는 지도에 관한 것이 아닌 것들만 모아놓은 몇 개의 방까지도 우리가 내려가 둘러볼 수 있게 해주었다. 그곳에서 그는 한 선반 위에서 우연히 이븐 브라자딘의 책 『인디고 섬 이야기』를 뽑아 들었다. 그 책을 손에 받아든 코르넬리우스는 당황하면서도 흥분에 휩싸여 책장을 넘겨갔다. 그는 의심하는 눈치였다. 그 책은 늙은 여관 주인이 자신에게 맡겼던 그 책, 그로 하여금 **해뜨는 제국**의 항구 도시들에서부터 빈 가오에 이르는 기나긴 여정에 오르게끔 만들었던 바로 그 책과 쏙 빼닮아 있었기 때문이다. 하지만 똑같은 책일 수는 없었다. 왜냐하면 이미 수년 전에 그 책을 빼앗겼으니까. 당시 그는 비취 나라 변방에 위치한 수비대 도시에 붙잡혀 있었다. 헌데 어떻게 그 책이 여기에 있는 걸까? 복사본일 수도 있다. 하지만 그렇지 않았다. 서체도 동일하고, 쪽수도 같고, 게다가 결정적인 증거로 그 책에는 코르넬리우스가 통과했던 곳들과 동일한 장소들이 실제로 통과된 곳임을 증명해주는 통행 도장까지도 동일하게 찍혀 있었기 때문이다.

알보랑디스는 곁눈질로 그를 살펴보았다. 그는 이 책을 발견한 것이 대수로울 게 없다는 듯 행동했고, 아울러 책의 저자를 신뢰할 수 없다는 주장을 내세우기도 했다. 그러면서도 그 저자가 자신의 삼촌이며, 그 책을 썼다는 이유로 추방되었다는 사실을 분명하게 밝혔다. 코르넬리우스는 내 쪽으로 몸을 돌렸다. 순간 우리는 둘 다 검은 돛을 단 배들을 떠올렸다. 나는 그의 눈길을 받고 이번엔 내 쪽에서 눈길을 보내는 것으로 답했다. 하지만 돌이켜보면 우리가 정말로 서로의 마음을 이해했는지 확신이 서질 않는다. 왜냐하면 나는 희열을 느끼기는커녕, 그 책을 발견했다는 점 때문에 가라앉아 있던 불안감이 되살아났기 때문이다.

그날 이후로 벌어질 일은 불을 보듯 뻔했다.

우리는 몇 차례 더 알보랑디스를 만났다. 그는 코르넬리우스에게 자신과 함께 저 곳, 바로 안개강 너머에 가기를 제안했다. 그로서도 달리 어쩔 도리가 없었던 것 같았다. 나는 그 아런한 푸른 산을 좋아하지 않았다. 아니, 그 산을 경계하고 있었다. 아자데가 해주었던 말에 따르면, 안개강 저편의 모든 곳은 쉴 새 없이 모습을 바꾸는 예측 불가능한 곳이라고 했다. 본능적으로 나는 그곳보다는 차라리 바다 위의 변덕스러운 바람이, 심지어 분노한 물결이 더 낫다고 생각했다.

나는 시시때때로 코르넬리우스를 배에서 내려주어야만 했다. 탐사를 향한 그의 갈망을 충족시켜주어야 했기 때문이다. 그는 여러 날에 걸쳐 강을 거슬러 올라가기도 했고, 산등성이를 따라 정상까지 올라가기도 했다. 파당이 손에 활을 쥔 채 그와 함께 움직였다. 그러는 동안 나디르호는 주변의 여러 곳들을 돌아다녔고, 모래로 이루어진 작은 만들을 가로지르거나, 바위투성이의 비좁은 만들을 빙빙 돌기도 했다. 나는 수심을 측정하도록 지시했고, 해안선의 모습을 그려나갔다. 하늘로 피어오르는 한줄기 연기로 그들이 돌아왔다는 것을 알 수 있었다. 모래언덕 가장 높은 곳에서 팔을 흔드는 그들의 모습을 볼 수 있었다. 이후 코르넬리우스와 나는 그려놓은 도면들을 서로 비교하는가 하면, 사소한 것들을 놓고 티격태격하면서 시간을 보내곤 했다. 그는 유머가 좀 부족한 편이었지만, 그를 매력적으로 보이게 하는 것도 그런 진지함 때문이었다.

그러나 앞으로 맞이할 이별은 다른 때 나누었던 이별과 다를 것만 같았다.

자신의 남은 인생을 모두 걸고 추구해왔던 목표에 가까이 다가가게 된다면 과연 무슨 일이 일어나게 될까? 향신료가 더해진 빵 한 조각, 이내 사라져버린 그 단순한 향내와 맛이 내 앞에 저 거친 바다의 항로를 활짝 열어준 바 있다. 그것은 끝이 아니라 어떤 시작이며 도약과 같은 것이었다. 세상이 내 몫으로 남겨둔 것을 찾기 위해 나는 거센 바람을 맞으며 앞으로 나아가는 일 이외에는 그 어떤 것도 갈구하지 않았다.

그는 푸른 산을 목표로 삼아 출발했다. 불확실하고 미묘하면서도 고집스러워 보이는 그 산은 언제나 그와 함께 움직이며 그를 가족과 떨어진 먼 이곳까지 이끌었다. 사막과 대양을 가로질러 말이다. 가는 곳마다 그 산은 그가 보는 지평선을 가로막고 있었다. 어쩌면 그의 정신은 결코 그 산으로부터 헤어나올 수 없을지도 모른다. 그런데 지금, 그 산이 어느 때보다도 가까이에 있는 것이다. 그 사실은 앞으로 그것이 가져올 결과로 나를 두렵게 하는 동시에 절망에 빠뜨렸다.

왜냐하면 그 산은 단순히 지도 속에 그려진 모습에 그치지 않기 때문이다.

그는 그 산이 그려진 그림을 본 적이 있었다. 수레 하나가 산을 향해 나아가는 광경이었다. 그것은 장례 마차였다. 게다가 늙은 여관 주인이 그에게 분명 이렇게 말하지 않았던가. 사람들은 푸른 산을 바라볼 수는 있지만 결코 그곳에 다다를 수는 없다고. 생각이 여기에 미치자 나는 이런 의문들이 들기 시작했다. 만일 누군가 그 산에 도달한다면, 그는 그 산에서 다시 되돌아올 수 있을까? 혹시 그 산은 삶을 다한 자들이 가게 되는 곳이 아닐까?

나는 그렇게 마음속으로 근심하고 있었다. 그를 떠나게 내버려두어야 한다는 불안감이 머릿속을 떠나지 않고 있었다. 어슴푸레한 새벽녘이면 항상 돌고래 무리가 나디르호 주변에서 장난을 치며 뛰어놀았다. 나는 몸이 지칠 때까지 헤엄을 쳤다. 돌고래 중 한 마리가 물속으로 잠수할 채비를 하며 내 몸을 살짝 건드렸다. 나는 녀석의 등지느러미에 매달렸다. 돌고래가 바다 깊숙한 곳까지 나를 이끌고 가도록 내버려두었다. 가장 깊은 곳까지, 가능한 한 오랫동안 아래로 내려갔다. 바다 깊은 곳 저 아래에서 가슴이 조여들고 녹초가 될 때까지 내려갔다. 다시 수면으로 올라올 때 숨 막히던 압박감이 조금씩 가벼워지는 것을 느끼기 위해 현기증이 날 때까지 계속 내려갔다. 두세 번쯤인가 코르넬리우스가 나와 함께하기 위해 따라오려 했었다. 하지만 난 결국 그에게 말을 건네지 못했다.

그가 떠나기 며칠 전, 우리는 갖가지 보석을 파는 상점이 늘어선 동네로 산책을 나갔다. 그는 작은 가게로 다가갔다. 진열되어 있던 보석을 보자 불쾌감이 일었다. 난 그의 손을 꼭 쥐었다.

"코르넬리우스, 우리 그냥 가요."

"당신이 생각하고 있는 걸 하려는 게 아니오, 지야라."

"그러지 말아요, 부탁이에요. 장식품이나 장신구 같은 거 싫어해요."

"지야라, 전혀 걱정할 필요 없어요. 내가 보석으로 당신의 인내심을 사려한다고 믿는 거요? 그건 내게 수치스런 일이오."

상인은 예전에 만났던 손님을 맞이하듯 그를 향해 다가왔다. 그리고 두말없이 제비 알 크기의 반으로 갈라진 작은 돌을 보여주었다. 두 개의 돌은 믿을 수 없을 정도의 강한 힘으로 반대편 돌을 꽉 잡아당기고 있었다. 풀이나 끈의 힘으로 붙어 있는 것이 아니었다.

"둘을 한번 떼어내 보세요."

살짝 웃음을 지어 보이며 상인이 말했다.

나는 돌의 한쪽을 잡고, 코르넬리우스는 다른 한쪽을 잡았다. 우리는 온 힘을 다해 잡아당겼다. 하지만 허사였다. 우리는 웃음을 터트리고 말았다. 두 개를 떼어내려면 조각난 틈 사이로 칼날 같은 얇은 판을 끝까지 밀어 넣어야만 했다. 코르넬리

우스는 상인에게 그 자석으로 두 개의 팔찌를 만들어달라고 했
다. 우리는 부두로 돌아왔다. 손목에 달린 팔찌에 자꾸만 신경
이 쓰였다. 순간 팔찌를 건네며 우리에게 장담하던 상인의 말
이 떠올랐다. 자석돌이 서로 끌어당기는 힘은 그것을 나누어
가진 두 사람의 사랑이 간절하면 할수록 훨씬 더 강하게 끌어당
기는 법이라고.

"이게 과연 좋은 생각인지 모르겠어요, 코르넬리우스."

"그저 돌조각일 뿐이오, 지야라."

그가 속삭였다.

"이걸 꼭 차고 있으라고 강요하는 건 아니오."

그가 한숨을 내쉬며 말했다.

떠나기 전날, 나디르호에서 그는 나에게 자석 팔찌를 갑판 바
닥 위에 내려놓으라고 했다. 그는 내 자석돌의 잘린 면이 그를 향
하게 해놓고 내게는 움직이지 말라고 했다. 그런 뒤 큰 걸음으로
갑판 반대편으로 갔다가 다시 오기를 반복했다. 두 자석은 완벽
하게 서로를 향해 움직이고 있었다. 내 돌은 그가 가진 돌이 왔
다 갔다 하는 움직임에 맞춰 방향을 바꾸었다. 이번엔 자신의 돌
을 바닥에 내려놓고, 나에게 자기가 했던 것처럼 똑같이 걸어보
라고 주문했다. 나는 어깨를 으쓱해 보였다. 예상했던 대로 두

극은 서로를 향해 방향을 틀었다. 나는 이런 어린애 같은 장난에 지쳐 몸을 돌려 그를 바라보았다. 그는 내가 성가셔 하는 것을 눈치챘다.

"이 돌들은 당신이 갖고 있는 나침반 돌처럼 움직이고 있소. 북쪽만 가리키게 되어 있는 그 돌 말이오."

"나침반 돌은 항해 도구예요. 코르넬리우스……"

그는 내 지적에 아랑곳하지 않고 계속해서 말을 이어갔다.

"내가 저 멀리 안개강 너머에 있게 되면, 우리가 가진 돌들은 서로를 향해 방향을 잡아줄 거요. 왜냐하면 당신과 나, 우리는 서로를 향해 있을 테니까. 우리는 서로를 잃어버리지 않을 거요, 지야라. 그런 이유로 이 돌을 사랑에 빠진 돌이라고 부르는 거요."

마지막 날 저녁, 그는 짐을 꾸렸다. 나는 잠을 이루지 못하고 한밤중에 헤엄을 치러 나갔다. 온 세상은 깊이 잠들어 있었다. 먼동이 트기 전에 나는 코르넬리우스가 작은 배에 오르는 모습을 보았다. 그를 태운 배가 해변에 다다를 즈음, 그가 눈길로 나를 찾았다. 나는 그를 향해 손짓하려고 가까스로 남은 힘을 끌어냈다. 짓눌리는 것같이 마음이 너무나 무거웠다. 나는 다시금 바닷속으로 슬며시 잠겨들었다. 바닷물이 내 눈물을 감출 수 있도록.

그날 이후로 매일같이 손목이 너무도 아파왔고, 결국 선실에 팔찌를 풀어두었다.

나는 계속해서 도시를 탐방했다. 어느 날 아침에는 낭떠러지 저 끝까지, 원정대가 넘어가는 오솔길 끝까지, 그리고 안개강 어귀까지도 가보았다. 나는 모든 것을 지워버리면서 앞으로 앞으로 나아가는 그 흐릿한 안개 속에서 오랫동안 머물기도 했다.

나디르호에서의 저녁 시간만큼은 언제나 그렇듯 쾌활함으로 가득했다. 여러 날이 지났고, 여러 주가 흘렀다. 나는 그런대로 주위 사람들과 잘 지내고 있었고, 여러 차례 다른 배의 초대를 받기도 했다. 많은 배가 떠날 채비를 하고 있었다. 궂은 계절이 닥치기 전에 미리 떠나려는 것 같았다. 난 코르넬리우스가 보고 싶었다. 어느새 포사니아스와 사랑에 빠져 그의 연인이 된 나우는 그의 배에 타기로 되어 있었다. 이번엔 그녀를 떠나보내야 한다. 나는 이별이 두려웠다. 항구의 정박지에는 몇 차례나 돌풍이 불어닥쳤다. 갈수록 더 강력한 돌풍이 불어왔다. 내포內浦의 작은 만을 둘러싼 듯 정박지를 감싸고 있던 길게 뻗은 육지의 양 날개는 먼 바다에서 밀어닥치는 높은 파도를 부숴내기에는 항상 역부족이어서 파도의 힘을 누그러뜨리지 못했다. 정박지에는 부서진 선체 조각들, 산산조각 난 돛대들, 무모하게 항해에 나섰다가 좁은 수로에 불어닥친 돌풍으로 뒤집어진 작은 배들이 즐비했다. 다행스럽게도 나디르호가 정박해 있던 곳은 안전했다. 하지만 만 위쪽으로 조금만 걸어 올라가도 먼 바다의 파도가 거세게 솟구쳐 오르는 모습을 그리 어렵지 않게 볼 수 있었다. 바다는 수평선 끝에서부터 거품을 내뿜는 파도를 몰고와 절벽까지 세차게 부딪치게 했다. 벼랑 아래쪽에서는 천둥이 치듯 요란하게 분노한 물결이 철썩이고 있었다.

　어느 날, 아주 작은 배 한 척이 폭풍우를 헤치며 도착했다. 분명 배의 짐은 엉망으로 흐트러져 있을 것이다. 배는 물결이 흔들리는 대로 이리저리 요동쳤고, 한쪽 측면으로 심각하게 기운 채 흔들리고 있었다. 나는 그 배가 끈질기게 앞으로 나아가고 있는 모습을 끝까지 지켜보았다. 배 앞부분이 파도에 잠기고, 물이 사방으로 뿜어져 나왔다. 소금기를 하얗게 뒤집어 쓴 채 돛은 너덜너덜해져 있었다. 안전한 곳을 찾기 위해 만 안쪽 물결을 따라 그 배가 들어가는 것을 본 후에야 나는 안심이 되었다. 배로 돌아오는 길 내내 그 광경이 머릿속을 떠나지 않았다. 거셌던 바람이 조금 누그러져 있었다. 저기 안쪽땅의 날씨는 어떨까? 여기 날씨와 안개강 안쪽의 날씨는 같지 않다고 아자데가 일러준 적이 있었다.

코르넬리우스가 떠난 지 세 달이 지났을 때, 마침내 원정대의 귀환을 알리는 소식이 전해졌다. 내가 궁전으로 출발했을 때 이미 잿빛이던 하늘은 가는 도중에 소나기를 뿌리기 시작했고, 아치형 통로를 달리는 내내 이쪽저쪽으로 비를 피하며 가야 했다.

궁전에 도착했을 때 나는 기진맥진해져 돌아온 몇 사람만을 볼 수 있었다. 그리고 이들의 귀환 소식을 듣고 궁전을 향해 오고 있던 아자데를 만났다. 그녀의 얼굴은 백짓장같이 하얗게 질려 있었다. 나는 내 앞을 지나쳐 가는 그녀를 막아섰다.

원정대 중 실종자가 발생했다고 아자데가 말했다. 알보랑디스와 정탐꾼 대장이 없었다. 코르넬리우스도 돌아오지 않았다.

나는 입술을 깨물었다. 바닥에 털썩 주저앉은 아자데를 집까지 바래다주었다. 그녀의 집 하인들은 내가 그녀의 뒤를 따라 들어가도록 해주었다. 나는 아자데를 안심시키려고 애썼다.

"그들이 돌아오지 못하고 있는 건 실종이라는 최악의 경우 때문은 아닐 거야. 그들은 반드시 돌아올 거야."

"다른 원정대원들이 말하길 세 분 모두 키 큰 풀숲 속으로 들어가는 것을 보았대요. 제 아버지, 코르넬리우스, 그리고 정탐꾼 대장 르피아스가 함께 말예요. 거기서 폭풍우를 만났대요. 지야라, 그거 알아요? 거긴 풀숲으로 이루어진 끝없는 바다와 다름없어요. 풀 높이가 족히 사람 키의 서너 배는 되고, 버드나무 가지로 만든 울타리마냥 **빽빽**하다고요. 그곳에서 길을 잃으면 다시는 되돌아올 수 없을 정도라고요."

"내가 그들을 찾으러 떠날 거야."

"아마도 근처까지 가지도 못할 거예요."

"왜 그렇게 생각해?"

"안개강을 건너야 하기 때문이에요. 누구도 혼자서 절대 그곳을 건널 수 없어요. 그곳의 구름이 얼마나 짙은지 상상도 못하실 거예요. 원정대를 덮치는 구름의 움직임에 모든 감각이 뒤틀리고 만다고요. 눈에 보이지 않는 낭떠러지 아래로 떨어지던가, 혹은 알 수 없는 곳으로 이어진 오솔길에서 길을 잃어버리기 십상이에요. 더구나 순식간에 폭풍우가 일어나기도 해요. 엄청난 위력으로 말이죠. 그 강을 건너는 방법을 알고 있는 건 오직 장님 조합의 회원들 뿐이에요."

"내가 그들에게 도움을 구해볼게."

"아무도 당신을 안내하려고 하지 않을 거예요. 내 말을 믿으

세요."

그녀는 마치 미친 여자의 하소연을 더 이상 듣고 싶지 않다는 듯 머리를 좌우로 세차게 내저었다.

"다음 원정대가 구성될 때까지 기다려야 해요."

그녀가 속삭였다.

"그렇다면 그들과 함께 출발하면 되겠네."

"지야라, 우리의 관례를 이해하지 못하고 있군요. 안쪽땅을 향하는 원정대를 구성하는 것은 궁전이 직접 관여하는 문제예요. 원정대의 대원들은 명망 높은 가문들이 내세운 대표자들이 결정해요. 그렇기 때문에 우리는 원정대에 마음대로 참가할 수 없어요. 내 말은… 당신이 여자라는 것, 더구나 외지에서 온 여자라는 걸 말하고 있는 거예요."

나는 나디르호로 돌아왔다. 동료들을 불러 모아 조언을 구해보았다. 마테오는 계속해서 주위를 왔다 갔다 했고, 파당은 이튿날이라도 당장 출발하자고 했다. 그때 포사니아스가 나우와 함께 우리를 만나러 왔다.

"날씨가 여전히 안 좋습니다, 지야라. 구름 중심부에서 내려치는 번개가 여기서도 보일 정도라고요. 누구도 당신마저 실종되는 걸 원치 않아요. 잠시나마 날씨가 좋아지기를 기다려보기로 합시다."

나우가 안과 닌 쪽을 향해 몸을 돌리며 말했다.

"지야라, 우린 너와 함께 갈 거야. 네겐 우리가 필요할 거야."

"나한테 중요한 건 무엇보다도 너희들의 안전이야. 내가 고집 부려서 나온 결과들치고 이제껏 좋은 기억이 하나도 없거든."

"그건 달라, 지야라. 이용할 수 있는 건 모두 이용해야지. 넌 우리의 경험이 필요해. 우리는 해녀잖아. 우린 거친 물결과 소용돌이 속에서도 움직이고 헤쳐 나갈 수 있는 방법을 알고 있어. 앞이 보이지 않는 혼탁한 물속에서도 결코 길을 잃지 않는다고."

"하지만 저 위쪽에서 벌어지고 있는 일은 너희들이 알고 있는 것과는 전혀 달라."

포사니아스가 재빠르게 딱 잘라 말했다.

"지야라, 내 말 잘 들어요. 당신 혼자는 보내지 않을 거요."

나는 그들의 설득에 손을 들고 말았다. 식량을 준비하고 떠날 채비를 할 시간이 조금 필요했다. 나는 안내자나 원정대에 대해 하는 말들을 듣고 싶지 않았다. 나에게는 나침반 돌만큼이나 확실한 안내자, 코르넬리우스가 준 자석돌이 있었다. 게다가 나는 그 신비로운 돌이 간직한 비밀이 우리를 다시 만나게 해줄 것을 믿어 의심치 않았다.

폭풍우가 사그라지기 시작할 때, 우리는 도시 입구에서 만나 떠나기로 약속했다. 나는 파당과 함께 그곳으로 갔다. 나우와 포사니아스는 다른 길을 통해 그곳에 도착했다. 많은 사람이 필요하지 않았다. 딱 네 사람이면 충분했다. 나는 이미 수차례 동료들의 목숨을 위험에 빠뜨렸던 경험이 있지 않던가. 마테오는 항구에 남아 있었다. 나는 그에게 나디르호와 우리의 작은 공동체를 책임져달라고 일러두었다.

우리는 언덕 꼭대기에 있는 돌문에 도착했다. 그 돌문 뒤로 이제 막 떠오른 태양에 밝게 빛나는 안개강이 길게 펼쳐져 있었다. 안개강의 줄기들은 각기 앞쪽에 자리한 그림자 위로 자신의 뚜렷한 형체를 드러내고 있었다. 지칠 줄 모르고 끝없이 이어지는 안개강의 고리 속에서 강줄기는 마치 능선을 평평하게 만드는 엄청난 수의 양 떼처럼 앞으로 앞으로 나아가고 있었다. 멀리서 보았을 뿐인데도 안개강은 두려움을 안겨주었다. 우리는 구름 속으로 빠져 들어갔다. 파당이 앞장서서 길을 열고 있었다. 그는 오솔길로 진입했다. 그는 한발 한발 앞으로 나아갔고, 때때로 멈춰 소리를 내어 뒤따르는 마지막 사람이 응답하는 소리가 되돌아오는 것을 듣고 나서야 다시 출발하기를 반복했다. 간혹 오솔길은 절벽으로 끊어져 있거나 통행할 수 없는 어둠 속으로 사라져버리기도 했다. 우리들 발치 아래로 자갈이 부스러져 굴러다녔고, 오르기 쉬운 고개가 갑자기 아무 이유도 없이 빙글빙글 돌아 올라가게 만들어진 험한 나선형 계단으로 바뀌기도 했다. 그러면 길을 되돌아가야 했고, 두 갈래로 갈라진 분기점으로 돌아가 앞서 흔적을 남기려고 뿌려놓은 돌무더기를 찾아야 했다. 우리는 고개 중간쯤, 안개 깊숙한 곳으로 사라져 그 깊이를 알 수 없는 배수용 돌우물 위에서 짧은 휴식을 취하기로 했다. 아무것도 보이지 않는 상황에서 계속 걷는 것만큼 진 빠지는 일도 없었다. 더구나 이런 불확실한 길에서의 세 걸음이란, 바로 길을 잃거나 그대로 추락할 수도 있는 거리를 의미했다. 이번엔 포사니아스가 앞장섰다. 대여섯 시간이 지나자 우리는 마치 허공에 매달려 있는 듯 보이는 고갯마루에 도착했다. 다른 경로를 찾기 전에 걸어온 길의 상당 부분을 되돌아가야만 했다.

날이 저물어 야영을 하면서도 우리는 거의 아무 말도 나누지 않았다. 사실 거의 앞으로 나아가지 못했지만, 누구도 그것을 입에 담아 서로를 낙담에 빠뜨리고 싶지는 않았던 것이다.

다음 날, 안개는 더욱 더 짙게 끼어 있었다. 우리는 앞 사람의 뒤에 바짝 다가서서 등에 손을 댄 채 앞으로 나아갔다. 나우가 선두에 섰다. 그녀는 짐승의 흔적들이 어지러이 널려 있는 높고 평평한 땅까지 우리를 안내했다.

나는 목걸이처럼 매달고 있던 자석돌을 꼭 쥐어보았다. 내가 앞장서 갈 때는 자석돌이 가리키는 방향을 따라 앞으로 나아갔다. 하지만 한 시간도 채 지나지 않았을 무렵, 발 아래로 땅이 무너져 내렸다. 포사니아스가 가까스로 나를 잡았고, 우리 넷 모두 뒤로 넘어가고 말았다. 잠시 걷혔던 안개가 우리 발밑의 낭떠러지를 아무 일도 없다는 듯 말끔히 지워버렸다. 우리는 다시 한 번 왔던 길을 되짚어 가야 했다.

포사니아스가 잠시 쉬자고 했다. 그는 우리에게 둥글납작한 치즈 비스킷과 말린 고기를 나눠주고는 돌 위에 걸터앉았다. 그는 땅바닥 여기저기에 흩어져 있는 동글동글한 염소 똥을 가리키면서 말했다.

"여기에 나 있는 길들은 어느 곳으로도 우리를 안내하지 못합니다. 이건 짐승들이 다니는 길일 뿐이에요. 이 길들은 그저 끝도 시작도 없이 이리저리 방황하게 만들 뿐입니다."

"내 자석돌은 헤매지 않아요."

"당신 말이 맞아요, 지야라. 그건 정확해요. 믿을 만하다고요. 헌데 그 돌은 쌍둥이 돌 중 나머지 반쪽이 있는 방향만을 알려줄 뿐이죠. 이곳의 예측할 수 없는 지형을 염두에 두고 있지는 않다는 말입니다. 만일 우리가 맹목적으로 그 돌을 따르게 된다면, 그 순간 곧바로 낭떠러지로 빨려 들어갈 수도 있어요."

"이 고원에 이르기 전에 또 다른 길이 있는 걸 봤어요."

나우가 말했다.

"내 생각에는 약간 내리막길이었던 것 같아요."

"저도 그 길을 눈여겨 봐두긴 했어요. 그 길로 한번 가보는 건 어떨까요?"

파당이 찬성했다.

"그래요, 그곳으로 가봅시다. 가보면 알겠죠."

내가 말했다.

포사니아스는 한숨을 내쉬었다. 나우가 다시 선두에 섰다. 우리는 마지막으로 남겨둔 표시를 찾아 좀 더 멀리 올라가야 했다. 정오쯤 안개강의 흐름이 급작스럽게 바뀌었다. 갑자기 급류로 바뀌어버린 것이다. 강 깊은 곳으로부터 시커먼 구름이 꾸역꾸역 피어올랐고, 서로 포개지는가 하면 서로를 타고 넘기도 했다. 굽이굽이 물결치던 구름이 눈에 띄게 부풀어 올랐고, 잉크 주머니를 풀어놓은 듯 엄청난 크기의 별무리들을 실어 나르는 것처럼 보였다. 등 뒤로는 구름을 휩쓰는 광풍이 살을 에는 차가운 바람을 몰고 불어닥쳤다. 천둥이 으르렁거리더니 갑자기 비가 쏟아져 내렸다. 비스듬히 세차게 내리치는 폭우는 땅바닥을 망치로 두드리는 듯하면서 작은 협곡들로부터 흘러넘치며 분노에 찬 빗방울을 쏟아냈다. 미끄러워진 바위 때문에 발걸음을 옮길 때마다 옆으로 주르륵 미끄러졌다.

"돌아가야 해요, 지야라!"

포사니아스가 절규하듯 소리쳤다.

우리는 무섭게 쏟아지는 비를 뚫고 되돌아갔다. 쓰라린 패배감에 젖어 산더미같이 쌓여 있는 바위틈을 헤치며 서로를 잃어버리지 않고 어떻게 돌아왔는지 도무지 기억이 나질 않는다. 그때 나는 다리를 마구 떨고 있었다. 우리가 잠시 숨을 돌릴 때마다 벼락은 어김없이 바로 가까이에 떨어졌고, 우리가 피해 나온 저 깊은 구렁텅이 안쪽으로는 희끄무레한 섬광이 퍼져나갔다. 좀 더 정확하게 말하면, 우리에게 영원히 그곳에 다시 올 생각을 하지 말라고 경고하는 것만 같았다.

다행히도 내 눈에 나디르호의 형체가 들어왔다. 모든 선원이 난간 위에 몸을 기울인 채 우리를 기다리고 있었다. 안과 닌이 물속으로 뛰어들더니 우리가 탄 작은 배로 다가왔다. 서로 몸을 의지한 채 쭈그리고 앉아 있던 타노베이와 호안은 얼굴 가득 싱글벙글 웃음을 지어 보였다. 그들 옆에 있던 마테오는 난감한 표정을 한 거인 같아 보였다.

"암요, 돌아오실 때가 지나도 한참 지났지요."

선박 외부에 걸쳐놓은 사다리를 건널 수 있게 거들면서 그가 내게 말했다.

"조금만 더 늦으셨더라면 저 두 사람은 불안해서 죽어버렸을지도 몰라요. 특히 오안 말이에요. 한밤중에 깨더니 당신이 폭풍우 중심을 향해 곧장 가고 있다고 소리 소리 지르지 않겠어요? 그래서 제가 주변을 둘러봤지요. 하지만 사방은 고요하기만 했어요. 그 일이 있고 나서부터는 도무지 오안을 안심시킬 수가 없었어요."

"마테오, 오안은 바람과 폭풍우에 관한 모든 것을 알고 있어서 그랬을 거예요. 오안 말이 맞았어요. 우린 안개강에서 거친 돌풍을 만났거든요. 더 이상 있을 수가 없어서 그만 포기하고 나온 거예요."

우리는 몸을 따뜻하게 했다. 나는 어깨에 담요를 걸치고 양손에는 찻잔을 든 채 실의에 빠져 있었다. 지난 며칠 동안 우리가 돌아다닌 여정을 다시 기억할 수도 없었고, 안개강 저 너머로 얼마만큼 들어갔었는지도 알 수 없었다. 오직 내 자신을 자책할 뿐이었다. 이미 앞서 아자데가 내게 말했던 대로였다. 안개강 너머의 장소와 그곳을 건너는 지점은 결코 일치하지 않기 때문에 오직 **장님 조합**의 회원들만이 그곳에서 어디로 가야 하는지를 알고 있었다. 그리고 오직 그들만이 어떤 길을 선택해야 하는지 결정할 수 있다고도 했다.

"만일 나우가 낭떠러지 중 한 곳에 떨어졌더라면, 친애하는 포사니아스, 결코 내 자신을 용서하지 못했을 거예요. 파당이나 혹은 당신이 그런 일을 당했더라도 마찬가지였을 거예요. 너무

슬퍼요. 그곳에 다시는 돌아갈 수 없을 것 같아요."

"우리 모두 겁나기는 마찬가지였어, 지야라. 맹세컨대 나도 겁에 질려 있었다고. 우리는 할 수 있는 한 멀리까지 갔던 거예요."

"당신은 이해하지 못해요. 안개강은 제게 공포심을 심어주었어요. 저는 이제껏 한 번도 그런 두려움을 느껴본 적이 없었어요. 심지어 최악의 폭풍우 속에서도 말이에요. 그런데 안개강은 내 용기와 의지를 박살내버렸어요. 모든 힘을 빼앗아버렸다고요. 마치 보이지 않는 장막이 드리워져 내가 그 땅에 들어가는 것을 허락하지 않는 듯했어요."

"좀 쉬세요, 지야라."

포사니아스는 부드러운 목소리로 다시 말을 이었다.

"이곳 사람들이 당신을 얼마나 소중하게 여기는지 잘 모르고 있는 것 같군요!"

나는 고개를 들어 도시와 그 가장자리를 빙 두르고 있는, 마치 구름 모자를 얹어놓은 것 같은 절벽을 바라보았다.

'저기 서 있는 저 문이, 그리고 그 문에 채워진 안개강이란 자물쇠가 황금빛 머리를 한 내 아름다운 연인과 만나는 것을 가로막고 있구나. 그가 저곳 안개강 너머에 있는데, 지금의 난 겨우 세 발자국도 옮길 수 없구나.'

나는 혼자 중얼거리며 포사니아스에게로 몸을 돌렸다.

"길게 늘어선 해안을 따라 항해해보는 건 어떨까요? 분명 다른 통로가 있을 거예요! 바다 쪽으로 절벽이 비교적 낮은 곳이 있을지도 몰라요!"

그러자 포사니아스가 한 손을 치켜들며 이렇게 말했다.

"지야라, 만일 그것이 해결책이었다면, 우린 이미 일찌감치 바다를 따라갔을 거예요. 오르배 섬보다 더 완벽하게 둥글고, 또한 그 둘레가 가파르게 수직으로 솟아 있는 절벽으로 둘러싸인 곳도 없을 겁니다. 내 말을 믿어요. 다른 사람들이 이미 다 시도해보았어요. 나 역시도 안쪽땅으로 갈 수 있는 다른 길이 있을 거라고 믿었지요. 하지만 없었어요. 더구나 당신이 출발지로 되돌아오기 전에 가지고 갔던 식량은 모두 바닥나고 말 거예요."

"할 수 있는 뭔가가 있을 거예요!"

"누구도 당신에게 포기하라고 요구하지는 않아요, 지야라."

그는 좀 더 부드럽게 말을 이어나갔다.

"특히 나는 추호도 당신을 말릴 생각이 없어요. 하지만 모든 것이 오직 당신 하기 나름이라는 점을 받아들여야 할 거예요. 하지만 안개강을 건너는 일은 당신 혼자 힘만으로는 안 돼요. 다른 사람들이 건너는 방법을 알고 있잖아요. 곧 새로운 원정대가 꾸려질 거예요. 아직 기회가 남아 있다는 사실을 받아들여요. 기

회가 있다고요. 당신은 우주학자들의 궁전과 긴밀하게 접촉을
하는 데 온 힘을 기울여야 해요."

포사니아스의 조언에 따라 나는 정기적으로 궁전을 찾아갔다. 그곳에서 몇 차례 아자데를 만나기도 했다. 그녀는 희망을 되찾은 듯 보였다. 나처럼 그녀도 새로 꾸려질 원정대에 모든 희망을 걸고 있었다. 하지만 우리는 그리 오래 기다릴 수가 없었다. 어느 날 아침 새로운 소식이 도착했다. 실종자들이 안개강 건너편 마을에 도달하는데 성공했다는 것이다. **장님 조합** 회원들이 길을 안내하고 있다고 했다.

사람들은 도시의 관문에 위치한 원정대의 길 가장 높은 곳에 무리지어 서서 그들을 기다리고 있었다. 아자데는 대여섯 명의 사람들이 함께 걸어오는 모습을 발견하더니 곧바로 달려가기 시작했다. 그녀가 천천히 걸어 내려오는 아버지의 두 팔 속으로 뛰어드는 모습을 볼 수 있었다. 그는 어깨에 담요 한 장을 두르고 있었다. 장님들이 그 무리로부터 비켜섰고 그들 일행이 가까이

다가오자 좀 더 체구가 큰 정탐꾼 대장 르피아스의 모습을 알아볼 수 있었다. 그 역시 기진맥진한 모습이었다. 그는 장님 한 명에게 몸을 기대고 있었다. 나는 조금 더 기다려보았다. 하지만 그들 뒤로는 더 이상 아무도 없었다. 그와 같은 상황은 진부하게 들릴지 모르지만 말 그대로 내게 잔인할 수밖에 없었다. 이번엔 내가 이성을 잃고 앞으로 뛰어나갔다. 알보랑디스가 나를 알아보았다. 그가 내 쪽으로 비스듬히 몸을 기울였다.

"지야라!"

"코르넬리우스는 어디 있죠?"

그가 힘없이 고개를 저었다. 아자데가 그의 팔에 매달렸다.

"우린 아무것도 할 수가 없었소, 지야라……"

"하지만 그는 여전히 살아 있어요, 난 알아요!"

무언가 할 말을 찾으며 애매한 표정으로 나를 바라보던 그의 얼굴은 초췌하고 야위어 있었다. 아자데가 끼어들었다.

"아버지는 쉬셔야 해요!"

"지야라, 내일 봐요."

숨을 몰아쉬며 그가 말했다.

"당신에게 자초지종을 들려주겠소."

구경꾼들은 흩어졌고, 난 항구를 향해 내려갔다.

"폭우가 너무나도 세차게 불어닥쳐 풀이 사방으로 어지럽게 쓰러지더군요. 한바탕 그러고 나면 길의 흔적을 다시 찾기가 불가능했소."

알보랑디스의 시선이 내 등 뒤로 갈피를 잡지 못하고 있었다. 그는 하얀 도자기 잔에 담긴 물을 한 모금씩 마시고 있었다.

"우리는 그의 이름을 목청껏, 목이 쉴 때까지 불렀다오. 하지만 밤에는 어찌나 어두운지 내 손끝조차도 볼 수가 없을 정도였소."

"하지만 당신은 돌아오셨잖아요, 알보랑디스. 어째서 그는 돌아오지 못한 거죠? 어째서 그 사람만?"

"운이 좋았던 건지 우리는 마지막 야영지에서 백 걸음이 채 안 되는 곳을 지나갈 수 있었소. 그곳에 비축 식량을 남겨두었지요. 하지만 그러고 나서 왔던 길을 되찾을 수가 없었소. 정확한 위치를 알지 못했던 탓에 한참을 돌아갔던 듯하오. 그 풀들은 엄청나게 넓은 지역을 뒤덮고 있었소. 거의 열흘 만에 겨우겨우 풀숲을 빠져나올 수 있었소. 하지만 빠져나오고 나서도 장님 조합이 있는 마을로 이어지는 길과는 너무나 멀리 떨어져 있었소. 지야라, 내 말을 믿어주시오. 더 이상 할 수 있는 일이 아무것도 없었소."

"하지만 그곳에서 만났던 사람들은 어찌 된 거죠? 인디간들 말이에요. 그들은 그 풀숲에 살지 않나요? 어째서 도움을 주러

오지 않은 거죠?"

"나 역시 그런 가능성을 생각지 않았던 건 아니오. 하지만 강물이 너무도 빠르게 불어나고 있는데다, 또 너무 어두웠소. 그들이 그를 발견할 수 있기나 했을지 알 수가 없구려. 이를 어찌 말해야 할지 모르겠소만, 어쨌든 나 역시 그에게 생긴 일에 대한 책임감을 느끼고 있소."

"어찌 되었든 그는 그곳에 갔을 거예요. 당신은 그에게 그렇게 할 수 있는 적절한 기회를 주었을 뿐이고요."

"난 당신이 이 집을 당신 집처럼 여기길 바랄 뿐이오. 아울러 내 도움도 당연한 것으로 여겨주시오. 도움이 필요할 때면 언제라도 들러주시오."

아자데는 내 손을 꼭 잡으며 자기도 아버지의 말에 진심으로 동의하고 있음을 알려주었다. 그녀는 나를 배웅하면서 다시 오겠다는 약속을 해달라고 했다. 하지만 그들이 나의 고통을 함께 나눈다 하더라도 결코 위안이 될 수 없었다. 자석돌이 내 손목에서 언제나처럼 힘차게 움직이고 있다는 것을 그들에게 어떻게 설명해야 할까?

다시 날씨가 화창해지자 정박지의 움직임이 분주해졌다. 여러 척의 배가 도착했고 떠나는 배들도 있었다. 작은 배들은 닻을 내리는 큰 배들로 끊임없이 승객을 옮기고 있었다. 우주학자들의 궁전에 속한 관리들이 나디르호에 올라와 빌려 갔던 지도 세 개를 돌려주었다. 나는 감회에 젖어 코르넬리우스의 지도를 펼쳐보았다. 지도 위에는 그의 손으로 직접 기록한 우리의 모든 여정이 담겨 있었다. 나는 종이 위로 기울여져 있던 그의 아름다운 얼굴과 내가 그에게 찾아가 하던 일을 멈추게 할 때면 올려다보던 그의 눈빛을 떠올렸다. 관리들은 그 지도들의 복사본이 궁전에 보관되었고, 원본들을 내게 돌려주었기에 이제는 우리가 더 이상 공식적인 권리를 인정받은 손님의 여러 특권과 혜택을 누릴 수 없다고 알려주었다. 이는 곧 돈이 바닥날 걸 의미했다. 결정을 내려야했다.

포사니아스는 출발 준비를 마쳤다. 그는 **다섯 가지 호기심 항구**에서 매우 독특한 변종 빵나무를 꺾꽂이 해놓은 모종을 구입했다. 하지만 이 물건들의 특성상 마냥 기다리고 있을 수만은 없었다. 그는 작별 인사를 하러 왔다. 모든 선원이 갑판에 모였다. 나는 가슴이 죄어오는 걸 느꼈다. 그와의 이별보다도 줄곧 빈 가오의 작은 자매라고 불러왔던 나우와 헤어진다는 생각에 더 가슴 아팠다. 그녀의 쾌활함이 그리울 것이다. 함께 물놀이할 때 느꼈던 그 행복, 그리고 돌고래들과 어울려 신나게 잠수했던 그 순간들도.

"내년이면 이곳에 다시 올 거예요."

포사니아스가 내게 말했다.

"지야라, 당신도 곧 바다로 나아가 행복한 시간을 되찾길 바랍니다."

"포사니아스, 난 그럴 수 없어요."

"그간 여기 있는 그 누구도 감히 당신에게 이런 말을 할 수 없었지만, 이제 말해줘야겠습니다. 조금씩 최악의 상황도 생각해야 할 거예요."

"그럴 수 없어요."

그는 나를 옆으로 돌려 세웠다.

"나디르호같이 훌륭한 배가 닻을 내린 채 그저 구름이 흘러가는 것을 바라보면서 꼼짝 않고 서 있는 것은 어울리지 않아요. 암요, 어울리지 않는 일이지요. 뱃머리에서 자라나는 성가신 해초들이며, 정박지에 생기를 불어넣는 바람이 불 때마다 들려오는 저 날카로운 쇳소리도 나디르호와는 어울리지 않는답니다. 먼 바다를 위해 다듬어진 나디르호가 지금은 너무나 어울리지 않는 모습을 하고 있어요. 친애하는 지야라, 배의 모든 사람이 그걸 알고 있어요. 이 모든 것이 당신에게 달려 있어요."

"차차 생각해볼게요."

그는 팔을 뻗어 인사를 건넸다. 나우는 우리들 한 사람 한 사람에게 빈 가오에서 하는 인사처럼 손을 모아 합장한 채 고개를

143

숙여 인사를 건넸다. 마테오는 두툼한 주먹으로 흘러내리는 눈물을 훔치고 있었다. 그런 그의 모습을 보더니 나우가 웃음을 터트렸다.

"마테오, 당신 지금 우는 거예요?"

"그래요. 나는 오른쪽 눈으로밖에 못 보지만, 눈물은 두 눈에서 다 흐른다오."

마테오가 어설프게 둘러댔다.

그러자 이번엔 안과 닌이 웃음을 터트렸다. 진주잡이 해녀들의 웃음, 그건 샘물과도 같았다. 주름잡힌 얼굴의 늙은 타노베이와 오안도 설탕에 절인 사과마냥 쭈글쭈글해지도록 따라 웃었다.

우리는 포사니아스와 나우가 그들의 배를 타기 위해 내려가는 모습을 가만히 바라보았다. 그들이 저 멀리 자신들의 배 쪽으로 멀어져가는 동안, 나는 마테오에게 말을 건넸다.

"포사니아스 말이 맞았어요. 우린 더 이상 머무를 수 없어요. 아무것도 하지 않은 채 기다리는 일은 아무런 의미가 없잖아요. 나디르호를 정비하고 식수도 채워 넣고 식량도 비축해야겠어요. 일주일 내에 모든 출항 준비가 마무리되었으면 해요."

내 말에 마테오는 뛸 듯이 기뻐했다.

"딱 이틀만 주세요, 지야라. 출항 준비는 이미 완료된 거나 다름없어요."

"당신에게 나디르호의 지휘권을 넘길게요. 파당은 이제 항해에 대해 충분히 배웠어요. 그는 매우 훌륭한 이등 항해사가 되어줄 거예요. 난 당신들이 빈 가오로 갔으면 좋겠어요."

"하지만, 지야라⋯⋯"

"타노베이와 오안은 집을 떠나 타지에 이렇게 오랫동안 머무르기에는 나이가 너무 많아요. 그분들에겐 고향에서 남은 삶을 마칠 권리가 있어요. 그러니 당신이 빈 가오에 가기 전에 그분들을 크산 섬까지 모셔다드렸으면 좋겠어요."

"지야라⋯⋯"

"더구나 나디르호의 굳은 다리를 풀어줄 필요가 있어요. 고귀한 혈통을 지닌 나디르호의 돛들을 아껴두기만 해서는 안 돼죠. 마테오, 당신도 바람을 그리워하고 있다는 걸 알고 있어요. 나디르호가 넓은 바다를 마음껏 달리게 해주세요. 그런 다음 진주를 한가득 싣고 내년에 이곳으로 돌아오세요. 그것이 여기에선 돈처럼 쓰이니까요. 난 여기 있을게요. 여기에서 여러분을 기다릴게요."

그렇게 하는 편이 나았다. 혼자서는 적은 돈으로도 훨씬 오랜 기간을 지낼 수 있었으니까. 나는 항구에 방을 하나 구했다. 궁전에서 가까운 곳이었다. 분명 저 궁전의 높은 벽 뒤, 도서관이라는 미로 속에 해결 방법이 있을 것만 같았다. 다만 그 해결책

145

이 어떤 것일지 아직까지는 정확히 알 수 없었다. 하지만 단순하게 생각해보면 모든 것은 궁전으로 들어갔고 또 궁전으로부터 나왔다. 공식 원정대의 출정을 결정하는 것도 궁전이고, 장님 조합도 그곳에서 회합을 가졌으며, 원정대원들 역시 그곳에서 여정을 준비했다. 게다가 매번 원정대가 돌아올 때마다 가져온 여러 동식물들도 궁전의 안쪽땅 정원으로 옮겨진 후, 그곳에서 관찰되고 보관되었다. 반면에 항해일지와 선원수첩은 수수께끼 같은 **어머니-지도**에 그 내용이 반영되기 전에 면밀한 검토를 거친다고 했다.

나는 알보랑디스를 만나려고 방향을 틀었다. 그가 나를 돕겠다고 했던 말은 거짓이 아니었다. 그는 자신의 집에 자유롭게 드나들 수 있게 해주었고, 친지들 모두와도 친하게 지낼 수 있게 해주었다.

브라자딘 가문은 우주학자들 중에서도 뛰어난 가문에 속했다. 다만 지리학 분야에서 이단으로 몰려 한동안 장안의 화젯거리가 되었던, 『인디고 섬 이야기』를 써서 추방당한 알보랑디스의 삼촌을 제외하면 그 가문의 모든 사람들은 궁전에서 다양한 관직을 맡고 있었다. 알보랑디스의 형제들 중 한 명은 병기창 고위 관료였고, 또 다른 한 명은 통역관 양성 학교의 사무국장으로 있었으며, 셋째 형제는 '통역 현인 위원회'에 재직하고 있었다. 더 이상 이 세상 사람이 아닌 아자데의 어머니도 생전에는 **지도채색부**의 거장이었다. 아자데는 그런 어머니의 뒤를 이으려는 뜻으로 이제 막 그 분야에 입문했던 것이다.

알보랑디스는 나를 통역 현인 위원회에 소개시켜주었다. 바로 이 통역 현인 위원회라는 곳에서 우주학자들의 최고위층이 회합을 가졌다. 위원회는 모두 열다섯 명의 학자로 이루어져 있었다. 만족을 모르는 그들의 호기심은 안쪽땅 뿐만 아니라, 오르배 바깥 세계 대부분에까지 미치고 있었다. 나는 비취 나라에서 가져온 모든 지도가 그들의 손에 넘어갔다는 사실을 알게 되었다. 이미 그들은 기억만으로도 흑진주 군도의 좁디좁은 수로, 혹은 다섯 가지 향수 석호에 있는 운하의 위치까지도 그려낼 수 있었다. 그들은 비취 나라의 밤의 대신들이 작성하지 못한 채 남겨둔 하늘 지도를 연구하는데 많은 시간을 할애하고 있었다. 그들은 내가 경험한 항해들에 대해서도 오랫동안 열정적으로 질문들을 쏟아냈다.

나는 그들이 요청하는 대로 내 고향과 캉다아의 모습을 그려줄 수밖에 없었다. 그들은 각각의 세부 사항마다 더욱 더 정확하게 설명해주길 요구했다. 등대, 각종 창고들, **해군 사령부 공원** 등이 정확히 어느 위치에 있는지 꼬치꼬치 캐물었다. 그들은 도시의 외형적인 배치 속에서 숨겨진 도시의 역사를 찾아내려 하고 있었다. 그들은 내게 거리의 이름을 반복해서 말하게 했고, 나는 캉다아의 그물처럼 얽힌 거리를 상상하려는 듯 눈을 감았다. 언젠가 나는 회합시간 전체를 할애해 **대귀항 축제**와 **노인들의 빵**에 관해 들려주었다. 특히 여행의 흥취가 아낌없이 발산되는 향신료가 든 빵에 관한 이야기는 당장에 그들을 매혹시켰다. 더구나 여러 해 동안 향신료들을 보관할 수 있는 맛의 도서관이 있다는 대목에서 그들은 더욱 더 매혹된 듯 보였다.

"우리 궁전이 아직 그런 도서관을 가지고 있지 못하다니! 지도 제작법 분야에 있어서 새로운 분과를 창설할 필요가 있다고 생각합니다. 또한 경탄할 만한 것들에 대한 지도와 혐오스러운 것들을 기록한 지도를 분류해두는 것도 생각해두어야 합니다!"

"떠도는 소문에 따르면 당신이 돌고래의 심장을 가지고 있다던데 사실인가요? 그렇다면 당신은 물속에서 얼마나 오랫동안 숨을 참고 헤엄칠 수 있나요?"

"바닷속 세상은 얼마나 아름다울까! 우리는 모래와 조가비, 산호 숲에 관한 지도들도 작성해야 할 것입니다."

"그리고, 친애하는 지야라, 일 년 중 육 개월이나 낮이 지속된다는 그 북쪽 나라에 관해서는 이야기해줄 수 없나요? 그곳에 사는 사람들은 그 기간 동안 잠을 자기는 하나요?"

"그곳에서는 어떤 종류의 향신료를 생산하지요?"

"선박을 좌초시키는 빙산을 피하기 위해 당신은 어떻게 했나요? 빙산은 무리 지어 다니나요? 아니면 독자적으로 움직이나요? 빙산들 가운데도 모두가 복종하고 따르는 우두머리 빙산이 따로 있나요?"

한 달도 채 되지 않아 나는 일종의 아레오파고스* 회의라 할 만한 이 수염 성성한 노인들의 모임을 정복했다. 그들에게 나는 바다에서 온 세헤라자데**였고, 나는 그들을 위해 매일같이 새로운 이야기의 돛을 올리곤 했다. 그들은 옷자락이 펄럭이는 요란한 소리를 내며 서둘러 자리를 찾아 앉는가 하면, 파이프를 입에 문 채 내게 어서 이야기를 시작해달라고 청하곤 했다.

그렇게 나는 이야기를 들려주었다. 내가 이야기를 풀어놓으면 그들은 고개를 끄덕이며 경청했다. 그들의 입술은 감동에 떨리고, 그들의 가슴이 탄식을 내뿜었으며 그들의 눈썹은 놀라움으로 휘둥그레지기도, 또는 분개로 일그러지기도 했다. 덕분에 나는 그에 상응하는 보답으로 마음껏 궁전을 오갈 수 있었고, 서고들을 방문해 자료를 조사하거나, 원하는 만큼 그 내용에 관해

---

* areopagos. 고대 아테네의 아크로폴리스 북서쪽에 있던 낮은 언덕으로 초창기의 아테네 귀족 회의가 열린 곳으로 유명하다. 아레오파고스라는 명칭은 그 의미가 확장되어 나중에는 그 회의 자체를 의미하게 된다.
** 『천일야화』의 등장인물로 끊임없이 이야기를 함으로써 생명을 연장시킨 여인.

질문할 수 있게 되었다. 그런데 솔직하게 말하자면, 그렇게 함으로써 나 역시도 경탄을 금할 수 없는 무엇인가를 얻을 수 있었다. 궁전에는 세계의 역사를 품은 수많은 방들이 있었고, 각각의 방에서는 그곳에 살았을 법한 수많은 사람들의 노래를 듣고 있는 것 같은 느낌이 들었다. 다만 나는 코르넬리우스가 남긴 흔적, 그러니까 그가 앞서 실행에 옮겼던 여러 여행의 흔적을 수차례나 우연히 마주쳤음에도, **인디고 섬**이나 푸른 산에 관해서는 아무것도 확인할 수 없었다. 그것들은 오직 브라자딘 영감의 책속에만 언급되어 있었던 것이다. 그 후로도 몇 주가 흘렀지만, 나는 제자리걸음이었다.

조금이라도 진척을 보이려면 수많은 땅을 꿈꾸고 있는 이 거대한 궁전의 심장부에 좀 더 깊숙이 들어갈 필요가 있었다. 급기야는 지도 그리는 여인들의 일원이 되게 해달라고 부탁하게 되었다. 오직 그들만이 지도채색부 작업실 내부에 접근할 수 있었으므로. 우주학자들은 나의 뜻을 열성적으로 지지해주었지만 그 전에 견습 과정을 거쳐야 한다는 점을 분명히 했다. 이미 그곳에서 견습생으로 공부하고 있었던 아자데가 내 대모를 자처하고 나섰다. 그녀는 수많은 색상의 잉크, 다양한 크기의 붓, 대리석 가루, 모르타르를 굳히는 광물 복합체와 고무풀, 청동으로 만든 다양한 자와 은으로 만든 컴퍼스에 익숙해지게끔 내게 도움을 주었다. 아자데의 도움과 그 옛날 캉다아의 해군 사령부에서 공부하던 시절 배워두었던 모든 것들 덕분에 나는 몇 달 지나지 않아 지도 그리는 여인들의 학교 학생으로 들어갈 수 있었다. 우리가 맡은 주된 작업은 정탐꾼들과 대원들이 작성해둔 일지의 내용을 좀 더 구체적으로 그리는 일이었다. 다시 말해 안개강 저 너머에서 그들이 순간적으로 포착해 그려둔 여러 풍경과 동식물의 스케치를 명확하게 만드는 일이었다. 아울러 우리는 산이며 강과 같은 지형을 양피지 위에 그리는 법도 배웠다.

나는 학교 내에서도 여러 가지 정보를 모으고 분류하기에 가장 좋은 자리에 있었다. 왜냐하면 모든 원정대들은 예외 없이 자신들의 여행 자료를 우리에게 제출해야만 하기 때문이다.

하지만 애석하게도 어떤 원정대도 코르넬리우스에 관한 소식을 갖고 돌아오지는 않았다. 나는 아자데와 함께 정탐꾼들과 원정대원들을 직접 찾아가 이런저런 질문을 해보았다. 그리고 그들이 작성해 제출한 보고서 하나하나를 꼼꼼하게 조사했다. 하지만 그의 흔적이 담긴 보고서는 하나도 없었다. 구름 풀숲은 이미 오래전에 완전히 지워져버렸던 것이다. 이런 나의 노력에 감동되었던지, 아자데와 그녀의 동급생들은 내게 조금이라도 도움이 될 만한 이야기라면 모두 알려주었다. 어느 학생은 풀숲 바다의 경계에서 우연히 **인디간**들의 버려진 야영지에 관한 보고서를 발견했다고 했다. 그 보고서는 코르넬리우스가 출발하기 훨씬 전에 작성된 듯했다. 하지만 그 보고서 역시 앞선 수많은 보고서와 마찬가지로 오직 인디간들만이 그 풀숲 바다에서 길을 잃지 않고 움직일 수 있는 유일한 사람들이라는 이야기를 담고 있을 뿐이었다. 나는 코르넬리우스가 인디간들을 만났다고 간절히 믿고 싶었다. 그럼에도 **인디고 섬**은 그 어디에도 언급되어 있지 않았다. 이븐 브라자딘의 책에서 언급했듯이 만약 장례 마차들이 그곳을 향해 갔다면, 그 어떤 흔적이라도, 최소한 바퀴 자국이라든가 바퀴에 눌려 땅 위로 눕혀진 아주 작은 풀잎사귀 하나라도 남지 않았을까? 그리고 구름 풀숲 가까운 곳에 위치해 있으면서 눈으로 확인할 수 있는 산들을 '소리나는 산'이라 부른다고 했다. 그중 가장 높은 봉우리가 삼각형과 비슷하다고는 했지만, 그마저도 푸른 산에 대한 상세한 묘사와 일치하지는 않았다.

지도 그리는 여인들 중에서 가장 나이가 많은 학장 사날라가 매일 매일 우리에게 임무를 배분했고, 작업의 진행 과정을 점검했다. 우리 견습생들은 지도채색부 작업실 안에서 지도 그리는 여인들이 해야 할 작업을 준비해주는 일을 했다.

이른 아침 헤엄을 치러 갈 때, 나는 손목에 차고 있던 자석돌을 손 안에 꽉 쥐고 있었다. 잃어버리지 않으려는 나름의 확실한 조치였다. 그 돌은 궁전 안에서 독특한 반짝임을 발산했고, 내 피부에 닿을 때면 미온의 열기가 느껴졌다. 반면에 다른 곳에서는 그게 어디든 그 특유의 강렬함이 약해지곤 했다. 나는 이 자석돌이 보여주는 실낱 같은 희망에 매달리고 있었다. 따져보면 내가 어느 길목에서 코르넬리우스를 만났던 건 그가 지도를 그리고 있었기 때문이기도 하지만, 또 한편으론 내 안에 단단히 뿌리를 내린 어떤 확신이 있었기 때문이다. 그것은 이렇게 멀리 둘러가야지만 그에게 다다를 수 있을 거라는 확신이었다.

그렇게 일 년이 흘렀다. 나디르호가 돌아왔다. 마테오는 두 팔로 나를 번쩍 들어 올려 안았다. 빈 가오의 쾌활한 친구들을 다시 볼 수 있게 된 것이다. 그들은 곧 포사니아스의 배와도 합류할 예정이었다. 그새 나우는 너무도 예쁜 두 아이의 엄마가 되어 있었다. 아들 딸 쌍둥이였다.

"녀석들에게 잠수하는 법을 가르칠 거야."

그녀가 내게 말했다.

"벌써부터 조그만 물고기들처럼 물속을 편하게 여기는 거 있지."

그런데 그녀는 내가 우주학자들의 모임에 가입했다는 말에 얼굴을 찌푸렸다. 그곳에서 내가 하는 일을 설명해주자 그녀의 얼굴은 더 많이 찌푸려져 있었다.

"지야라, 가끔 수영은 하고 있는 거겠지?"

포사니아스는 세상의 남자들 중에서도 가장 행복한 사람처럼 보였다. 탁월한 이야기꾼인 줄로만 알고 있었던 그가 이제는 흔쾌히 남의 말에 귀를 기울이고 있었다. 한편, 안은 마을에 남아 있었다. 그녀 역시 가정을 꾸렸다. 그리고 파당도 마찬가지로 그렇게 되길 꿈꾸고 있었다. 마테오가 앞으로 닌과 결혼하게 될 거라고 알려주었을 때, 나는 웃음을 터트리고 말았다.

"마치 전염병 같아요! 그 옛날 내 동료 여행자들과 모험가들은 대체 어디로 간 거죠? 마테오, 난 정말이지 당신이 신부를 맞이하리라곤 상상도 못해봤는데 말예요?"

"당신 말이 맞아요, 지야라. 닌은 그야말로 결점 투성이에요."

그는 감상적인 말투로 한숨을 내쉬며 말했다.

"헌데 내가 그녀보다 나은 게 하나 있어요. 난 애꾸눈이니까 그녀의 그 수많은 결점도 절반만 볼 수 있거든요!"

"나도 비슷해."

예쁘장한 안이 재빨리 끼어들어 응수했다.

"지야라, 이 사람이 멍청하기 짝이 없는 이야기를 늘어놓을 때면, 내가 어떻게 하는지 알아?"

안은 마테오의 머리를 돌리려는 듯 그의 턱을 움켜쥐며 말했다.

"난 이 사람의 잘생긴 쪽 모습만 본다니까!"

나는 그들의 이야기를 들으며 차도 마시면서 감미로운 저녁 시간을 보냈다. 그들과 함께한 시간이 그토록 빨리 흘러갈 줄이야! 하지만 닻을 올릴 순간이 될 때까지도 마테오도, 포사니아스도, 다정하고 우애 넘치는 나의 자매들도 내가 이곳을 떠날 결심을 하게 만들 수는 없었다. 그중에서도 나우가 제일 실망하는 모습이었다. 그녀는 눈물을 감추지 못했고, 내 고집을 이해하려 들지도 않았다.

"너도 알잖아, 지야라. 난 처음부터 푸른 산에 가려는 코르넬리우스의 열정에 찬 꿈을 좋아하지 않았어. 불가능을 목표로 삼은 탓에 그의 삶이 엇나가버리고 만 거라고. 결국엔 그 산이 그에게서 삶을 앗아가버린 거야. 지금 내 눈 앞에 있는 건 창백해진 네 얼굴과 불안과 불면으로 비통함만 남은 네 두 눈동자뿐이라고. 너는 끝내 네 자신에게 고통을 주며 괴로워하게 될지도 몰라. 우리와 함께 돌아가자. 내가 널 보살펴줄게. 네가 너무 그리워. 친구들도 모두 널 그리워해……"

"나도 너희들이 그리워. 네 생각보다 훨씬 더. 하지만 난 그만둘 수가 없어. 그럴 순 없어."

뜻 모를 슬픔이 모두가 함께했던 이 마지막 순간을 얼룩지게 만들었다. 나는 그들에게 이듬해에 다시 보자고 약속했다. 부두에 서서 손으로 햇빛을 가리며 두 척의 배가 멀어지는 모습을 바라보았다. 수평선이 삼켜버린 그 작은 두 점이 더 이상 보이지 않을 때까지.

얼마 지나지 않아 나는 견습 기간을 마치고 아자데와 함께 지도 그리는 여인들의 서열에 올랐다. 오르배에서 지도 그리는 여인들은 어머니-지도를 그리는 일을 담당하고 있었다. 우리가 견습생 신분이었을 때에는 그 지도에 접근할 수 없었다. 하지만 어머니-지도는 견습생들이 각자 미리 준비해둔 작업을 단 하나의 그림 위에 모아놓는 것이기 때문에, 다시 말하자면 미리 준비된 모든 자료가 최종적으로 모아지는 지점을 의미한다. 때문에 최소한 우리는 어머니-지도의 기본 골격, 그리고 거기에 그려져야 할 것의 본질은 이미 알고 있었다고 할 수 있다. 그렇기에 그 서열에 올랐다고 해서 나는 딱히 놀라운 걸 기대하거나 특별한 능력을 얻을 것이라고 기대하지는 않았다. 반면 아자데는 어머니-지도를 직접 보고 만지고 싶어 안달이 나 있었다. 그녀는 온통 그 생각으로 들떠 있었다. 나는 아자데의 그런 흥분이 그녀의 젊음 탓이라고 여겼다.

"지야라, 이번엔 당신이 틀렸어요!"

그녀는 얼굴이 상기되어 말했다.

"우리가 보았고 또 우리 손을 거쳤던 모든 진귀한 물건도 어머니-지도에 비하면 아무것도 아니에요. 아무것도 아니라고요, 내 말 듣고 있어요? 어머니-지도는 그 무엇과도 비교할 수 없어요. 여기는 물론이고 세상 그 어느 곳에서라도 말이죠."

"네 기분을 망치고 싶진 않아. 나도 지도채색부에 합류하고 진귀한 물건들의 방에 들어갈 수 있게 되어서 행복해. 하지만 코르넬리우스에 대해 뭔가 더 알아내는데 딱히 도움이 될 것 같진 않아."

지도 그리는 여인들의 학교의 책임자인 사날라 학장이 우리를 데리러왔다. 그녀는 계단과 복도로 이루어진 미로를 가로질러 우리를 지도채색부 작업실까지 데려갔다. 그곳은 진귀한 물건들의 방이라 불리는 커다란 원형 홀을 중심으로 여러 개의 작은 방이 둘레를 에워싸고 있는 형태의 둥근 지붕 건물이었다. 그곳은 궁전에서 유일하게 남자의 출입이 금지된 장소였다. 다만 지리학적 오류와 관련된 조사와 같은 예외적인 상황, 예를 들면 어머니-지도의 판정이 반드시 필요한 경우는 제외하고 말이다. 학장은 우리에게 들어가라고 말했다. 진귀한 물건들의 방 중앙에는 거대한 천으로 덮여 있는 육중하고 둥근 테이블이 하나 놓여 있었다. 화려한 예복을 차려입고 모자를 쓴 지도 그리는 여인들이 주위에 빙 둘러서 조용히 우리를 기다리고 있었다.

학장의 손짓에 따라 그들 중 세 명이 거대한 천을 미끄러뜨리듯 걷어내자 지도가 모습을 드러냈다.

놀란 아자데는 '오!' 하며 경탄을 금치 못했다. 바로 그 순간이 되어서야 나는 사람들이 안쪽땅이라 부르는 것이 무엇인지를 이해했다. 그 지도는 안쪽땅의 무한한 다양성을 단순히 재현하는 데만 그친 것이 아니었다. 어쩌면 오직 음악만이 설명해낼 수 있을 것 같은 저 색깔들의 살랑거림 속에서 어머니-지도는 안쪽땅의 가장 비밀스러운 아름다움과 가장 오래된 추억을 기억하고 있었다. 산과 숲과 강의 모습을 살펴보려면 그 위로 살짝 몸을 기울이는 것으로도 충분했고, 조금만 더 가까이 다가가 보면 어느 바위산 구석이나 구름의 흐름을 따라 상당히 길게 이어지는 강줄기를 자세히 볼 수 있었다.

"진귀한 물건들의 방은 우리 기억의 궁전을 이루는 심장부에 해당합니다. 어머니-지도는 그 심장의 시작과 끝이지요."

짐짓 과장된 태도로 학장이 말을 이어갔다.

"아자데와 지야라, 두 사람은 이제 우리와 같은 지도 그리는 여인이 되었습니다. 이제 여러분은 우리의 용감한 발견자들이 안개강 저 너머에서 수행한 수많은 탐험의 일부분을 이 지도 위에 올려놓는 영광을 누리게 될 것입니다."

그녀는 우리 둘을 그 자리에 참석한 이십 명의 지도 그리는 여인 한 사람 한 사람에게 소개해주었다. 우리는 그들을 이미 알고 있었다. 그들은 모두 우리와 함께 스케치 준비반에서 공부했던 사람들이었기 때문이다. 하지만 이번 소개는 좀 다른 의미를 갖고 있었다. 그들 같은, 또 우리 같은 여성이 여러 세대에 걸쳐 끈기 있게 이 지도를 그려왔다는 사실을 확인하게 된 자리였기 때문이다. 둥근 지붕 아래로 메아리가 되어 울려 퍼지는 사날라의 목소리와 그녀의 태도가 보여주는 장중함, 그리고 돌연 베일을 벗은 지도의 신비롭고 아름다운 자태, 이 모든 것은 고대 종교에서나 행해졌을 법한 어느 불가사의한 의식에 참여하고 있는 것만 같은, 너무도 강렬하고 소름끼치는 인상을 주는데 한몫하고 있었다.

"다음번 정리 모임 때 여기서 다시 만나기로 하지요. 아자데와 지야라는 조금 더 있도록 하세요. 둘은 이 지도를 오늘 처음 보았을 테니, 오늘 하루는 당신들을 위한 날이에요. 오직 여러분 두 사람에게만 시간을 더 주겠어요."

그녀는 박수를 쳤다. 그리고 지도 그리는 여인들을 물러가게 했다. 어머니-지도 앞에는 우리 둘만 남았다.

진귀한 물건들의 방이란 표현은 괜히 붙여진 이름이 아니었다. 마치 지도가 광채를 뿜어내는 것만 같았기 때문이다. 지도를 보고 있노라니 날개가 솟아나 그 풍경 위를 날아다니는 듯한 기분이 들었다. 세세한 곳까지 속속들이 들여다보면서 안쪽땅의 변화들이 만든 수많은 흔적을 발견할 수 있었다. 지도 위로 가벼운 입김을 불자 호수의 수면이 떨리면서 그곳에 그려진 숲들이 바스락거렸고, 심지어 무수한 작은 새들이 하늘로 날아오르는 모습을 하나하나 다 볼 수 있었다. 한 번쯤 가볼 만한 세계, 직접 살아보고 싶은 그런 세계였다. 그러면서도 그 속에서 길을 잃을 수도 있는 세계였다. 나는 시간이 가는 줄도 몰랐다. 깊은 생각에 빠져 지도 속에 푹 잠겨 있었다. 본능적으로 내 눈은 구름 풀숲이 드넓은 바다를 이루는 저 거대한 초록빛 흔적을 탐색하면서 끊임없이 그 중심부 쪽으로 되돌아오곤 했다.

아자데가 내 팔에 손을 얹으며 말했다.

"지야라, 이제 곧 밤이 될 거예요."

나는 그녀를 향해 한쪽 눈썹을 치켜올리며 의문을 표시했다.

"늦었다고요."

그녀가 말을 이었다.

"학장님이 우리를 찾으러 오실 거예요. 괜찮아요? 표정이 이상해요."

그녀의 말을 흘려들은 나는 계속해서 깊은 생각 속을 배회하고 있었다. 어떤 산등성이 위에 가볍게 손가락을 올려놓고 한참을 머물기도 하고, 어느 계곡 움푹한 곳을 굽이쳐 흘러가고 있는 반투명의 에메랄드빛 강물을 손바닥으로 가볍게 건드려보기도 했다. 고리 모양의 안개강이 천천히 회전하고 있는 모습도 보았다. 그 강들의 깊게 패인 부분에서 내가 나우, 파당, 포사니아스와 함께 건너려 했지만 실패하고 말았던 협곡을 찾아낼 수 있었다. 하지만 그런 경탄은 미처 깨닫지도 못한 사이 암울한 불안감으로 돌변했고, 이제 공포심으로 바뀌고 말았다.

"지야라, 당신이 무엇을 바라는지 난 알고 있어요. 하지만 당신이 이 지도에서 간절히 찾길 바라는 것은 여기에 있지 않아요."

"도대체 왜 그런 말을 하는 거지? 그곳에 관해 넌 아무것도 모르잖아!"

"나도 뚫어져라 살펴보았어요. 스무 번도 넘게요."

"잘 살펴보지 못한 것뿐이야."

"학장님께 직접 질문해보는 수밖에 방법이 없어요."

그때 자석돌이 완강하게 중심부를 향하고 있었기 때문에 손목이 너무나 아파왔다.

"지야라, **인디고 섬**은 존재하지 않아요."

아자데가 조금 더 부드럽게 말을 이어갔다.

그녀가 옳았다. 나는 그 유명한 풀숲 바다, 지도 중심부의 거대한 초록빛 자국을 몇 번이고 살펴볼 수 있었다. 몇몇 강줄기는 다양한 폭의 습지를 이루면서 어느새 자취를 감추기도 했다. 그곳은 끊임없이 다시 손을 댄 흔적이 있는 불분명한 지역으로 사람의 눈으로는 볼 수 없는, 형태도 없고 특정한 윤곽도 없이, 더구나 어느 정도 험준한 지형의 고지인지도, 심지어 작은 구릉이라고 생각할 만한 그 어떤 표시도 없는 그러한 지점이었다. 순간 두 다리가 휘청거렸다. 아자데가 옳았다. 인디고 섬은 존재하지 않는 것이다. 갑자기 슬픔이 엄습해왔다.

나는 며칠을 음식도 넘기지 못하고 한마디 말조차 할 수 없었
다. 알보랑디스가 자신의 저택에서 휴식을 취하라고 내게 간곡
히 청했다. 그가 마련해준 방은 안쪽땅 정원 쪽을 향해 있었다.
아자데는 내가 정신을 차릴 때까지 간호하며 인내심을 보여주
었다. 매일 아침마다 안부를 물으러 왔던 알보랑디스는 자신의
주치의를 불러주었다. 나는 집안 하인들이 살금살금 조용히 오
가는 소리를 들을 수 있었다. 온 집안이 내 병간호를 위해 조심
스레 행동하고 있었다. 그들의 끊임없는 애정과 헌신적인 간호,
그리고 많은 사람에게 걱정거리가 되고 있다는 불편함은 결국
엔 몸을 털고 자리에서 일어나게 만들었다. 매번 나는 허약함을
자책했다.

　어느 날, 내가 옷을 차려입고 바닷가에 서서 바람을 쐬고 있
는 모습을 본 알보랑디스가 기쁨에 겨워 말했다.

"지야라, 생기를 되찾은 모습을 다시 보게 되니 너무나 기쁘군요! 이제야 두 다리로 간신히 설 수 있게 되었는데 벌써부터 돌아갈 생각만 하고 있는 건가요? 왜 그리 서두르는 겁니까? 필요한 만큼 더 머물러 계세요. 이곳에 당신을 아끼는 사람들이 얼마나 많은지 잘 알고 있잖아요! 그리고 내 식구들은 당신이 머물러주는 것만으로도 영광으로 여기고 있으니 안심해도 좋아요."

"알보랑디스, 제게 베풀어주신 모든 것에 어떻게 감사의 말씀을 전해야 할지 모르겠네요. 아자데는 온 정성을 다해 저를 보살펴주었답니다. 하지만 이젠 몸도 좋아졌으니 제가 있던 곳으로 돌아가지요."

"아주 잘됐군!"

그가 웃으며 말했다.

"그렇다면 집으로 돌아가서 앞으로의 거취를 생각해보기 바랍니다."

그가 팔을 휘저으며 걸음을 옮기다가 다시 말을 이으려 하자 내가 끼어들었다.

"그건 불가능해요. 용서하세요, 저는 이제껏 다른 방식으로는 지내본 적이 없어요."

"내가 이렇게 간청하는 것이 무례할 수도 있지만… 아자데가 당신에게 쏟는 애착을 당신도 잘 알고 있을 겁니다. 내 생각이 지만, 아자데는 당신을 지금은 이 세상에 없는 제 엄마처럼 좋아하는 것 같아요."

"제게 베풀어주신 환대를 고이 간직하고 싶어요."

"이건 환대의 문제가 아니에요."

그는 슬픔이라는 베일로 한 겹 둘러싸인 듯한 목소리로 말했다.

"나는 우정보다 훨씬 더한 것을 당신에게 주고 싶습니다. 나의 이런 마음을 당신이 모르시지 않으리라 믿습니다."

"친애하는 알보랑디스! 당신의 따뜻한 우정이 제가 살아가는데 힘을 주고 있어요. 믿어주세요! 하지만 제가 당신에게 약속드릴 수 없는 것 때문에 우리 우정을 깨뜨리진 말기로 해요. 가능한 한 자주 찾아뵙도록 할게요."

나는 지도채색부 작업실로 돌아왔다. 하지만 고통과 체념으로 얼이 빠지고 멍해졌다.

'결국 이렇게 되고 말았어, 영혼 없는 한 마리 벌레, 커다란 벌집에 남겨진 한 마리 꿀벌과 같은 신세가 되었어.'

어느 날 아침, 나는 헤엄을 치러 나갔다. 온 힘을 다해 물살을 휘저으며 수압이 느껴지는 저 아래 깊은 곳을 찾아 내려갔다. 숨의 한계에 이르는 곳까지 내려가 시선을 가리는 희미한 장막이 보일 때까지 기다렸다. 추위와 어둠 속에서 공포가 나를 휘감자 힘찬 발짓으로 수면 위를 향해 올라왔다. 그렇게 단박에 물로 이루어진 천장을 터트리고 올라와 한껏 공기를 들이켰다. 내 입은 짠 바닷물을 내뱉으며 웃고 있었지만, 두 눈에선 눈물이 가득 흘러내렸다.

더 이상 그 누구에게도 푸른 산에 대해 말하지 않으리라.

코르넬리우스는 살아 있다. 그는 단지 내가 필요할 뿐이다.

늘 새벽에 시작된 어머니-지도의 제작을 위한 의식은 밤이 되어서야 끝이 났다. 우리는 그 의식에 구름천으로 만든 예복을 입고 참석해야 했다. 우리의 작업은 하늘에 뜬 해가 움직이는 동안 진행되었고, 해가 지평선 너머로 사라지는 시간에 맞춰 끝내야 했다. 사날라는 임무를 배분했다. 그녀는 각자에게 큰 그림 위에 기록해 넣어야 하는 여러 스케치를 건네주었고, 반드시 사용해야 할 색상의 종류와 세밀함의 정도를 정확하게 지시했다. 나는 최근에 다녀온 원정대가 원래의 물길로부터 2킬로미터 옮겨진 것으로 확인한 강을 수정하여 그려 넣어야 했다. 나보다 훨씬 더 재능이 있고, 특히 동물들을 그리는 데 더 능숙했던 아자데는 한 무리의 낙지머리 코끼리 그림을 스케치하라는 지시를 받았다. 원정대가 산형화織形花*가 피는 숲을 지나면서 그 동물 무리를 보았다고 밝힌 것은 이번이 세 번째이다. 하지만 여러 증언과 현장에서 포착한 크로키들은 그 동물이 실제로 존재한다는 것을 뒷받침하기에 충분했다. 그 결과 어머니-지도에는 그 동물 무리의 기록이 추가될 수 있었다.

"아자데, 당신에게 거는 기대가 상당이 커요. 가능하면 손놀림을 가볍게 하도록 하세요."

사날라가 그녀에게 부탁했다.

"비록 그 동물들이 코끼리처럼 크긴 하지만, 환영처럼… 마치 유령처럼 느껴지게 그것들을 그려야 해요. 당신은 원정대원들의 일지를 가지고 있을 거예요. 물론 당신이 직접 그린 스케치도 있지요. 그 동물들은 빨판이 붙어 있는 여섯 개의 길다란 코와 나뭇잎이며 식물 줄기를 향해 뻗는데 사용하는 두 개의 큰 육각肉刻을 가지고 있다는 걸 알고 있을 겁니다. 우린 이미 그 동물들이 산형화가 피는 숲에 자주 출몰한다는 사실을 알고 있지요. 하지만 우린 원정대가 그 동물들 중 한 마리를 산 채로 가져올 경우에만 그 존재의 확실함을 증명할 수 있을 겁니다. 그러니 당신은 가능한 한 정확하게 그 동물들의 모습을 그리려고 노력하세요. 그리고 지야라, 그 강이 예전에 흘렀던 위치를 지워

---

* 꽃의 모양이 우산처럼 생겨 줄기나 가지에 붙어 피는 꽃을 모두 이르는 말.

버리지 않도록 주의해야 할 겁니다. 예전에 흐르던 물길을 지우는 일은 새로운 폭풍우가 새 물길을 옛 물길로 되돌려놓지 않는 한, 시간이 흐르면서 지도가 알아서 할 겁니다. 반대의 경우엔 당신이 그린 흔적이 지워지게 될 것이고요. 두고 보면 알겠죠. 잊지 말아요. 여기서 당신은 더 이상 단순히 그림 그리는 사람이 아니라는 것을. 수십만 년을 이어온 이 오랜 변신의 보조자라는 것을. 오르배 섬은 당신의 두 손을 통해 자신을 표현하는 것입니다. 망설임 속에서도 확신을 갖고 있어야 해요. 당신의 육신은 사라지고 당신 자신이 곧 바람이고 모래이며 비가 되어야 해요."

이제와 고백하지만, 나는 첫 번째 층의 색을 칠하면서 약간 떨고 있었다. 그 색깔은 반투명의 푸르스름한 베일 같은 빛이었는데, 알맞은 색깔을 얻기 위해서는 몇 번이고 반복적으로 두텁게 덧칠을 해야 하는 부분이었다. 덧칠해야 할 물길은 예전엔 훨씬 더 광활한 산악지대의 일부분이었던 계곡을 따라 흘러가고 있었다. 그런데 가장 아래쪽의 오래된 층에 있는 어떤 모호한 형태들이 눈에 들어왔다. 자세히 보니 옛날 옛적 여행 이야기에 등장하던 머리 없는 사람, 즉 무두인無頭人의 형상이었다. 그 형상은 안쪽땅 정원의 석회질 화석 숲에서 관찰했던 것과 무척 닮아 있었다. 나는 약간 더 멀리 떨어진 곳에서 또 하나의 무두인을, 그리고 또 다른 무두인의 형상을 알아볼 수 있었다. 그 형상들은 초록색 숲으로 완전히 뒤덮여 있었다.

겨우 십여 개의 작은 수정 작업을 마치는 것만으로도 낮 시간이 꼬박 걸렸다. 그사이 우리가 입고 있던 옷의 빛깔은 하늘의 색깔에 따라 변하고 있었다. 옷은 밤이 되어감에 따라 점차 쪽빛으로 변하고 있었다. 오른쪽 손목에서 열기가 느껴졌다. 끝으로 내 곁을 지키고 있던 사날라는 산형화가 피는 숲에 정해둔 이름을 적어 넣었다. 그녀는 지도 위에 글자를 적는 일이 허락된 유일한 사람이었다. 자신의 도구인 깃털 펜을 손에 들고 극도로 집중하면서도 한편으론 초연하게 글씨를 써 넣었다. 그녀는 굉장히 나이가 많았다. 크산 섬의 두 마술사 오안과 타노베이보다는 젊겠지만—분명 주름도 덜하지만—어쨌든 나이가 많은 것은 분명했다. 그녀는 몸을 약간 떨기도 했지만, 글을 쓰거나 그림을 그릴 때면 떨림은 어느새 사라졌고, 아주 천천히 숨을 쉬었다. 그대로 굳어버린 건 아닌가 하는 생각이 들 정도였다. 그녀는 우리에게 수고했다는 말을 건네며 그날의 작업을 마무리했다.

나는 집으로 돌아가는 길에 물어보았다.

"아자데, 우리가 처음으로 안쪽땅 정원을 방문했던 날 기억

169

해? 코르넬리우스가 어떤 괴물의 화석 앞에서 오래 머물렀었지. 두꺼운 돌 속에 그대로 굳어버린 것 같은 그 머리 없는 뼈대 말이야"

"무두인 말이죠? 그럼요. 거기 가본 지도 오래됐네요, 지야라."

"무두인 확실해?"

"네, 확실해요."

"그 지도 때문에 불안해. 지도에서 무두인들의 형상을 몇 개 보았거든. 비록 알아보기 힘들 정도로 희미하긴 했지만. 그 형상들 위로 삼사십 개의 채색 층이 덧씌워져 있었던 것 같아."

"지야라! 그것보다 훨씬 더 많을걸요? 무두인들은 이곳에 살았던 최초의 사람들이었고, 어머니-지도는 오르배의 태초까지 거슬러 올라가요. 그러니 상상해봐요! 당신이 그렇게나 오래된 색채 층을 분간해낼 수 있다는 건 진짜 좋은 눈을 가졌다는 말이에요. 보통 판정을 요하는 일이 생긴다거나, 원정에 있어서 아주 작은 의혹이라도 있을 경우에 우리는 열 살 정도 된 어떤 아이를 불러서 그 지도를 읽어보도록 시키거든요."

"어린아이를?"

"사실은 어린아이와 노인 한 명이에요. 왜냐하면 통역 현인 위원회의 가장 연장자도 같이 불러야 하거든요. 우리는 그를 '백 개의 이름을 가진 노인'이라고 불러요."

"도통 무슨 소린지 모르겠는데……"

"아이는 모든 것을 볼 수 있지만 이름 붙이는 법은 전혀 알지 못하거든요. 대신 아이는 미지의 세계를 대할 때 반드시 필요한 순수함을 가지고 있어요. 반면에 백 개의 이름을 가진 노인은 지식을 가지고 있지요. 그는 지도에 기록된 모든 글을 외우고 있어요. 사라진 언어로 적힌 글까지 모두 포함해서요. 하지만 그의 시력은 퇴화돼버렸죠. 사물의 형태를 잘 구별할 수 없답니다. 모든 것이 온통 희미하게 보이죠. 그런 이유로 한 사람은 찾아내고, 다른 한 사람은 그것을 해석하는 역할을 맡고 있어요. 이 지도는 그런 식으로 자신을 읽어내게 해요. 어린아이의 눈이 갖는 신선함과 오랜 기억을 간직하고 한 발짝 물러서서 볼 줄 아는 노인의 지혜로 말이에요."

"하지만 아자데, 그렇다면 어째서 어머니-지도의 형태를 만드는 일이 여자의 몫인 거지? 어째서 안쪽땅의 얼굴을 그려내는 이 막중한 임무를 하필 여자들에게 맡긴 걸까?"

그녀는 휘둥그레진 눈으로 나를 돌아보았다.

"지야라, 나는 그게 너무도 당연하다고 생각하는걸요. 아이를 낳는 건 바로 여자들이잖아요!"

나는 도시 아래쪽으로 나 있는 골목길을 통해 에둘러 집으로 돌아왔다. 항구의 냄새, 그토록 다양한 형태로 분주히 움직이는 삶의 향기를 맡지 않고는 오래 견딜 수가 없었다. 이젠 틈만 나면 기계적일 만큼 목에 걸린 상아 돌고래를 손으로 만지는 버릇이 생겼다. 나처럼 돌고래도 저편에서 부르는 소리, 먼 바다를 향한 갈망을 잊지 않은 것 같았다. 얼마나 더 이곳에 머물러 있어야 하는 걸까? 내 손목을 지키고 있는 자석돌은 전보다 가벼워지고 생기도 없어진 듯 보였다. 나는 금발 머리의 한 남자를 보았고, 나도 모르는 사이 그를 뒤쫓고 있었다. 하지만 그가 내 쪽으로 얼굴을 돌리자, 갑자기 서글픈 현실이 다시금 무겁게 나를 짓눌렀다.

알보랑디스는 더이상 귀찮은 수작을 걸어오지는 않았지만, 자신이 기대하고 있는 것을 좀처럼 숨기지 않았다. 그와 사이가 틀어지지 않았던 만큼 성가시긴 하지만 그의 요구를 갑작스럽게 거절할 수는 없었다. 게다가 내 인내심이 무뎌지지 않게 하기 위해서라도 전적으로 그의 힘이 필요했다. 그는 두 팀의 새로운 원정대를 꾸렸고, 그들은 구름 풀숲 가장 먼 곳까지 들어갔다 왔다.

원정을 마치고 돌아온 그가 내게 말했다.

"인디간들은 거래가 끝나면 결코 그 자리에 머물지 않아요.

곧장 떠버리지요. 그러면 그들의 흔적은 순식간에 지워지고 만다오. 당신 앞에 맹세컨대, 지야라, 난 그들의 뒤를 쫓아가려고 시도했었소. 그럼에도 그 빽빽한 야생의 수풀보다는 차라리 안개강에서 길을 잃는 편이 열 배는 더 낫겠다는 생각이 들었소."

"당신을 믿어요. 하지만 코르넬리우스의 실종에 관한 확실한 증거가 없는 한, 절대 희망을 버릴 순 없어요. 난 당신이 다음에는 무언가 발견해낼 거라 믿어요."

"다음 원정이 내 마지막 원정이 될 거요."

그가 한숨을 지었다.

"사람들은 나와 함께 가길 주저하고 있어요. 아무런 의미도 없어 보이는 목적을 위해 자신의 생명을 위험에 빠트리는 일을 더는 하고 싶지 않겠죠. 나 역시 어느 정도 저들의 마음이 이해됩니다."

"신랄하게 말씀하시는군요."

"실은 그것보다 더하다오. 지야라, 당신이 지금 신랄하다고 말한 것을 냉철한 이성으로 이해해주었으면 좋겠소. 만일 내가 진귀한 물건을 가져오지 못한다면, 결코 '위대한 발견자'라는 칭호를 갖지 못하게 될 것이오. 단지 코르넬리우스를 찾기 위해 이 원정대를 계획했던 것은 아니었소. 나 역시 그와 똑같이, 그 푸른 산과 **인디고 섬**의 존재를 믿어왔소. 우리가 안쪽땅에서 얼마나 오랫동안 새로운 지역을 발견하지 못하고 있는지 알고 있소? 만일 내가 그 섬에 조금이라도 접근할 수 있게 되면 우리 가문이 얻을 명성을 상상해보시오. 이제 가장 뛰어난 정탐꾼들도 나보다 재능이 더 출중한 사람을 위해 일하겠노라고 공공연하게 말하고 다닌다오. 지금부터 석 달이 지나면 난 새로운 원정대를 인솔해야 하오. 그 원정이 내 이름을 빛낼 수 있는 마지막 기회가 될 것이오. 그렇게만 되면 난 통역 현인 위원회에 들어갈 수 있는 나이가 될 것이고… 당신은 그때도 이곳에 있겠지요, 그렇지 않소?"

"난 이곳에 있을 거예요. 그것만큼은 당신에게 약속하죠."

마지막으로 뱉은 말에 목이 메어왔다. 이 기다림이 언제까지 계속될까. 나 역시도 그 키 높은 무성한 풀숲에서 숨이 막혀왔다. **어머니-지도**를 작업하는 시간이 내가 유일하게 기다리는 시간이었다. 그곳에서는 완벽한 편안함을 느낄 수 있었다. 그곳에서 내 손은 한 번의 실수도 없이 본능에 따라 움직일 수 있었다. 나는 어느 정도의 힘을 주고 붓을 잡아야 할지 자신에게 물을 필요도 없었고, 사용해야 할 색깔을 오래 생각할 필요조차 없었다. 그럼에도 결과는 항상 놀라웠다. 사날라는 아무 말없이 그저 만족스럽다는 의미로 살짝 머리를 끄덕여줌으로써 용기를 북돋워주곤 했다.

"지야라, 당신에겐 따로 조언할 필요가 없군요. 지도는 당신이 해야 할 일을 완벽하게 알고 있어요."

때로는 그런 대우가 난처하기도 했다. 나보다 오래 일한 다른 지도 그리는 여인들이 대놓고 욕하지는 않았지만 내가 학장의 신임을 얻고 있음을 매서운 눈초리로 주시하고 있었기 때문이다. 그렇다고 해서 내가 할 수 있는 일은 아무것도 없었다. 우리는 말없이도 서로를 이해하고 있었다. 게다가 이 작업에는 또 다른 특별함, 지금도 잘 이해되지 않는 신비스러운 일이 있었다. 그것은 어머니-지도를 그리고 있을 때면 언제나 내 자석돌이 설명할 길 없이 활기를 되찾는다는 점이었다. 예상치 못했던 한 사건이 이런 일상에 변화를 가져다주었다.

사날라가 위중한 병에 걸린 것이다. 단 며칠 만에 그녀의 건강이 급격히 나빠졌다. 우리의 모든 작업은 중단되었다.

어느 날 아침 아자데가 찾아왔다. 학장이 내게 자신을 만나러 와주기를 부탁했다는 것이다. 나는 아직 한 번도 그녀가 사는 별궁에 들어가본 적이 없었다. 학장이라는 지위에 걸맞게, 또한 그녀가 기여한 헌신에 대한 보답으로 궁전에서 그녀에게 별채를 수여했다. 학장은 모든 사람에게서 존경받았고, 어디든 드나들 수 있는 통행의 자유를 마음껏 누릴 수 있었으며, 출입이 통제된 자료실이나 심지어 신성모독과 관련된 자료도 언제든지 열람할수 있었다. 실제로 이에 버금가는 대우를 요구할 만한 사람이 있다면, 오직 '백 개의 이름을 가진 노인'밖에는 없었다. 그 역시 궁전의 반대쪽 별채에서 비슷한 대접을 받으며 살고 있었다. 두 명의 하인이 나를 맞이하여 그녀의 방으로 안내했다. 그사이 다른 하인은 아자데가 앉아서 기다릴 수 있도록 소파로 안내해주었다. 사날라는 자리에 누워 있었다. 그녀는 앙상하게 야위어 있었고, 거친 속삭임과 같은 목소리는 잘 들리지도 않았다. 옆에는 시중을 드는 하녀가 있었는데, 대화가 길어져 행여나 학장을 지치게 하지나 않을까 지키고 있는 듯했다.

"그간 서로 이야기를 많이 나누지 못했군요, 지야라. 그래도 난 당신을 잘 알고 있다고 생각해요. 당신은 평범한 지도 제작자가 아니에요. 어머니-지도로부터 무언가를 기다리고 있으니 말예요……"

"존경하는 학장님, 잘못 아신 거예요."

"당신은 어머니-지도를 어떻게 생각하고 있죠?"

"살아 있다고 생각해요. 전 지도 위의 호수들이 찰랑거리는 것을 보았어요. 냇물이 흐르는 소리도 들었고요……"

"바로 그거예요. 지도와 당신 사이에는 바로 그런 강력한 무언가가 있어요."

"그렇게 생각하지 않아요. 저는 다른 지도 그리는 여인들과 별반 다르지 않아요. 저는 그저 그들처럼 어머니-지도에 색을 입히는 작업을 좋아할 뿐이에요. 우리는 모두 당신을 작업실에서 다시 뵙길 간절히 바라고 있어요."

그녀는 힘겹게 한쪽 손을 들더니 스르르 눈을 감은 채 천천히 숨을 내쉬었다. 그리고 자신의 말을 중단시키지 말라는 신호를 보이며 단숨에 나머지 말을 이어갔다.

"아니에요, 당신에겐 그보다도 훨씬 더 깊은 관계가 있어요. 당신도 이미 알고 있을 거예요. 어떤 면에선 우리를 선택하는 건 바로 그 지도랍니다. 지도채색부 작업실에서 내가 당신에게 말한 적이 있을 거예요. 난 지금 당신의 평판에 대해 말하고 있는 게 아니에요. 낯선 이국의 여인, 홀로 여행하는 여인에 대해 사람들이 가질 수 있는 자연스러운 호기심에 대해 말하는 것도 아닙니다. 당신이 우리에게 몰고 온 몇 가지 불행한 사건들에 대해 말하고 있는 것은 더더욱 아니에요. 난 그런 일로 좌우되지 않을 만큼 충분히 나이를 먹었어요. 내 입장에서 보자면, 슬프지만 그건 단지 사고에 불과하단 생각이 드는군요. 내가 말하고자 하는 건 이 지도에 대해 당신이 갖고 있는 선택받은 친화력에 대해서랍니다. 당신이 보여준 그 분명한 어울림에 대해서 말이에요. 난 당신을 유심히 관찰해왔어요. 서툴긴 했지만 언제나 정확한……".

그녀는 가빠진 숨을 가다듬었다. 하녀가 부드러운 천으로 그
녀의 이마를 닦았고, 입을 적실 수 있도록 마실 것을 주었다.

사날라 학장이 말을 이어갔다.

"남자들은 자신들이 진귀한 물건들을 가져온다고 생각합니다.
하지만 그것은 그리 대단한 일이 아니에요. 도리어 어려운 일은
그것들을 읽을 수 있는 형태로 그려내는 일이겠죠. 지야라, 당
신은 그 일에 탁월한 재능을 가졌어요. 당신의 손 안에, 당신의
시선 속에, 당신의 귀기울임 속에 미세한 떨림이 있어요. 진귀
한 물건들이 존재한다는 사실에 대한 놀라움이죠. 당신이 지도에
주고 있는 것이 바로 그러한 믿음이고, 또 지도가 감사하는 마음
으로 당신에게 돌려주는 것도 바로 믿음에 대한 보답이지요. 당
신이 내 뒤를 잇기엔 아직 너무 젊지만, 열쇠들을 넘겨주기로 결
정한 사람은 바로 당신이에요……".

"존경하는 학장님, 저는 받아들일 수 없어요. 저와 마찬가지
로 학장님도 그 일이 다른 지도 그리는 여인들의 분노를 살 거라
는 걸 잘 알고 계시잖아요. 더구나 제가 보기엔 그 분노는 정당
한 것이기도 해요. 저는 외지에서 온 낯선 여인이고, 게다가 학
장님의 기술을 배우기 시작한 지 얼마 되지도 않았잖아요."

"결정하는 건 바로 나예요, 지야라. 당신이 방금 말한 것처럼,

지도 제작법은 일종의 기예지 학문이 아니에요. 그 분야에 관한 한 내가 최고 권위자예요. 그런 나조차도 지명될 때 이의가 없었던 것은 아니었어요. 당신은 이미 존중받을 만큼 충분한 권위를 가지고 있고, 또 궁전에서 벌어지는 이런저런 모략들을 잘 극복할 수 있을 거예요."

그녀는 또다시 숨을 가다듬으며 잠시 말을 끊고 휴식을 취했다.

"이제 내겐 살아갈 날이 그리 많지 않아요. 우리의 법도를 알려주지요. 내가 죽고 나면 어머니-지도는 애도의 표시로 일 년 동안 수정되지 않은 채 그대로 남겨두게 될 겁니다. 그 기간 동안은 누구도 지도를 건드릴 수 없어요. 오직 당신만이 진귀한 물건들의 방에 들어갈 권리를 갖게 될 것이고, 당신의 직무는 지도에 발생할 수 있는 갖가지 변동 사항을 확인하여 기록하는 것입니다. 한편으론 후에 지도를 채색하는 일에 사용될 원정대의 일지들을 정리하는 책임을 맡게 될 거예요. 당신은 그 기간을 오르배에 관한 당신의 지식을 완벽하게 보충하는데 활용해야 할 거예요. 이미 나는 그 일을 도와줄 지도 그리는 여인들도 몇 명 지명해두었어요. 모든 방은 당신이 들어갈 수 있도록 열릴 것입니다. 애도의 해가 지나면 우주학자들의 투표로 당신의 임명 여부가 결정될 거예요. 그 결과는 물론 당신의 승리일 거예요. 이미 그들이 당신 편이란 건 우리 모두 알고 있는 사실이 잖아요. 우리 궁전에는 새로운 젊은 피가 필요한 대망의 시대가 왔다고 말하는 사람이 여럿 있어요. 더구나 내가 단언하건대 견습생에게 어머니-지도가 그렇게까지 반응하는 건 지금까지는 없었던 일이에요. 어머니-지도와 당신 사이에 어떤 관련이 있음이 분명해요. 그렇기 때문에 지야라, 나는 지금 당장 당신에게 미리 알려줘야만 해요. 이건 막중한 임무예요. 당신이 해낼 수 있을 것 같은 확신이 드나요?"

"생각을 좀 더 해봐야겠습니다만……"

"너무 지체하지는 말아요. 내게 남은 날이 그리 많지 않아요."

나는 그날 저녁 바로 결정을 내렸다. 그리고 이틀 뒤, 그녀는 숨을 거두었다. 그녀가 이 세상을 떠났다는 사실은 예상보다 훨씬 더 나를 혼란에 빠트렸다. 그녀는 실종된 연인을 다시 찾아야 하는 내 입장에 관해서는 단 한 번의 언급도 하지 않았다. 그녀는 동료 지도 제작사가 한낱 망상으로 치부되는 아무리 작은 표식이라도 내게 전하는 것을 막은 적이 없었다. 결국 나는 학장의 요청을 받아들였다. 내가 알보랑디스의 욕망에 굴복할지도 모른다는 두려움 때문이기도 했고, 한편으로는 일 년 동

안 진귀한 물건들의 방에 갇혀 있을 어머니-지도를 다시 보지 못할
지도 모른다는 불안감 때문이기도 했다.

사날라는 지도 그리는 여인들의 묘지에 안장되었다. 나는 그녀가 머물던 별궁으로 거처를 옮겼고 이는 앞으로 내가 열두 명 정도의 여성을 이끌어야 한다는 것을 의미했다. 비록 캉다아에서 훨씬 더 많은 사람들을 통솔해보긴 했어도 이미 오래전에 지도력을 상실했다.

　나는 아자데를 불렀다. 그녀에게 비서 임무를 수락해주길 청했고, 그녀의 아버지도 동의해주었다. 가능한 빠른 시간 내에 부족한 점과 뒤처진 부분을 만회하기로 결심한 나는 오르배 섬의 역사와 관련 자료들에 파묻혀 지냈다. 우주학자들이 제시한 전혀 이치에 맞지 않는 주장들 중에는 다음과 같은 것들이 있었다. 즉 지구상의 대륙들은 표류하고 있으며, 화산 분화구에서 뿜어져 나온 암석의 융해 물질이 바다를 이루어 그 위를 떠다니고 있다는 것이다. 또한 화산이 불을 뿜는 것은 오렌지 껍질에

바늘로 구멍을 내면 즙이 튀어나오는 것과 같은 이치라고 설명했다. 우주학자들의 주장에 따르면, 오르배 섬은 지구에 최초로 생성된 땅의 중심부에 위치해 있으며 나머지 대륙과 섬들은 모두 시간이 흐름에 따라 흩어진 조각들에 불과하다는 것이다.

내가 세운 학습 계획에는 보다 심도 있는 연구를 위해 안쪽땅 정원을 방문할 계획이 몇 차례 포함되어 있었다. 아자데가 그곳에서 보여주었던 자연사에 대한 지식은 내게 귀중한 도움이 되었다. 나는 화석화된 무두인들을 관찰하기 위해 몇 번이나 그곳을 다시 찾았다. 정체불명의 무엇이 그들 앞에 선 내 마음에 의구심을 품게 했다. 그 형체들을 처음 보았을 때, 코르넬리우스는 조각상이라고 생각했다. 하지만 내가 좀 더 가까이에서 확인하고 돌의 입자들을 면밀하게 조사한 결과, 그 화석화된 뼈대들은 끌로 조각할 수 없는 것임을 분명하게 알 수 있었다. 자연적인 과정이 그것들의 본래 형태를 변화시켰고, 석회질이라는 광물질이 그들의 생체조직을 덮어버린 것이었다. 그런데 그것들을 연구할 때마다 나를 엄습했던 알 수 없는 불안감은 대체 어디로부터 오는 것일까?

나는 매일같이 공부에 매진했다. 밤이 되어도 도무지 잠을 이룰 수 없었고 너무나 많은 질문에 사로잡혔다. 급기야 모두 잠든 시간이면 몰래 빠져나가는 일이 습관처럼 되어버렸다. 우선 잠시나마 헤엄을 치러 나갔고, 그다음에는 구름천 스카프를 두르고 우주학자들의 궁전에 있는 미로로 탐험을 떠났다. 처음에는 툭하면 길을 잃기 일쑤였다. 복도 끝쪽 내가 방금 떠났던 구름 도서관에 다시 들어가기도, 혹은 알 수 없는 어떤 계단으로 접어들기도 하다가 어느새 천문관측소의 넓은 중앙홀에 머쓱하게 남겨지기도 했다. 어떤 때는 둥근 천장 아래로 무시무시한 그림자들이 선명하게 나타나는 거대한 천문 관측 장비들이 있는 구역을 애써 기어 올라가기도 했다. 하지만 조금 익숙해지자 그곳들은 더 이상 비밀스러운 장소가 아니었다. 이윽고 아무리 어두운 밤에도 자유자재로 움직일 수 있게 되었을 즈음, 나는 코르넬리우스가 직접 그려놓았던 지도들을 검토하기 위해 천문 지도들이 있는 방으로 곧장 찾아갔다. 그곳에서 그가 측량했던 비취 나라의 지형을, 우리의 행복했던 항해들을, 빈 가오에서의 기나긴 저녁 식사 후 가졌던 모임들을, 알리자드의 꽃이 만발했던 떠다니는 정원들에서 느꼈던 참으로 소박했던 행복을 꿈꾸며 많은 시간을 보낼 수 있게 되었다. 돌아올 때는 매번 다른 길을 통해 내 방으로 왔다. 나는 끊임없이 새로운 방들을 발견했다. 바닥에 양피지가 깔려 있는 모든 방을 소리도 내지 않고 가로질렀다. 먼지 앉은 양피지 표면들 위로 내 손가락이 맘껏 달리게 내버려두었고, 낮은 목소리로 사라진 도시들의 이름을 발

음해보기도 했다.

그러던 어느 날 밤, 손목에서 전해오는 강한 고통에 놀란 나는 화들짝 잠에서 깨어났다. 평상시와 다르게 내 자석돌이 강렬한 빛을 발하고 있었다. 나는 그대로 내달려 구름 도서관과 지도채색부의 작업실로 향하는 복도를 지나갔다. 진귀한 물건들의 방 앞에 다다르자 내 돌은 좀 더 묵직해졌고, 움직임이 좀 더 집요해졌다. 바로 뒤편에는 **어머니-지도**가 있었다. 다른 사람의 시선을 피해 그 땅들을 볼 수 있는 자는 아무도 없었다. 나는 저 검은 천 아래 쉬고 있을 지도를 상상해보았다. 우리가 바라보지 않는다 하더라도 그 세상은 존재하고 있을까? 그렇다, 분명했다. 하지만 지도는 우리가 보고 싶어 하는 것만을 우리에게 보여줄 뿐이다. 게다가 그 지도에 의미를 부여하는 것도 바로 우리의 시선이 아니던가. 나는 그 방의 열쇠를 가지고 있다. 자물쇠 속에 열쇠를 집어넣는 건 그리 어려운 일이 아니다. 하지만 일종의 신성불가침이라 할 만한 두려움이 내가 그곳에 들어가는 것을 가로막고 있었다. 나는 문 앞에 주저앉아 요동치는 심장을 진정시키려고 애썼다. 그것은 내가 안개강 횡단을 시도했을 때 나를 사로잡았던 그 감정, 바로 그 억누를 수 없는 공포심과 같았다. 나는 완전히 지쳐버렸고 신경이 극도로 예민해져 있었다.

마치 살아 있는 거대한 육체처럼 안쪽땅은 몇 번이고 되풀이해 그 주변으로부터 나를 거부하고 있었다. 안쪽땅은 나를 원치 않았다. 그러다 갑자기 무두인들의 화석을 바라보았을 때 무엇이 나를 사로잡았는지 이해하게 되었다. 그들의 뼈대가 배열된 모습에는 분명 어딘가 서툴고 모순되는 점들이 있었다. 마치 그 존재들은 생명을 부여받기도 전에 우유부단하고 미숙한 손에 의해 고안되고 디자인된 것처럼 보였다. 나는 단숨에 몸을 일으켜 세웠다. 어머니-지도에게 양해를 구하는 말을 혼자 중얼거리며 홀 내부로 들어갔다. 애도의 장막을 걷어내고서 가장 오래전에 그려진, 맨 밑층에 숨겨진 그림들을 확인했던 바로 그 지점으로 다가갔다. 그 그림들은 더 이상 제 위치에 있지 않았다. 내가 지나치게 관심을 보이자 그 모습을 지켜보았던 학장이 그림들을 지워버린 것일까? 아니면 너무 어둡고 불빛도 없어서 내가 그 그림들을 알아보지 못했던 것일까? 나는 시력이 차츰 어두움에 적응할 때까지 가만히 기다렸다. 집중하자 이윽고 한 무두인의 형태를 알아볼 수 있었고, 바로 옆에 있는 또 다른 무두인의 형상을 확인할 수 있었다. 마치 켜켜이 쌓인 시간의 층들 맨 밑바닥에서부터 아득한 부름이 들려오는 것 같았다. 나는 그들의 형태와 비율을 분석해보았다.

"그래, 분명해."

학장이 옳았다. 지도 제작법은 어떤 학문이 아니라, 위대한 여성 해석자들을 필요로 하는 기예였던 것이다. 지도 그리는 여인들은 단순히 여행과 원정을 옮겨 기록하기만 하는 것이 아니라, 그들 역시 저마다 실수의 흔적을 남겨놓았다. 이 무두인들을 그렸던 여인들도 당연히 좋은 의도로 그림을 그리긴 했겠지만, 안쪽땅에서 돌아온 원정대들의 증언들을 토대로 한 것이었기 때문에 완벽하게 재현하기는 불가능했을 것이다. 무두인들은 존재하지 않는다. 다른 세상에서도 그들을 찾아볼 수 없다. 상상의 창조물이자 지리학적 망상인 셈이다. 하지만 오르배 섬에서라면 모든 것이 달라진다. 안쪽땅은 어머니-지도에 맞설 바에야 차라리 어머니-지도가 재현한 것을 만들어내는 쪽을 선택했던 것이다. 저기, 안개강 건너편에선 자연의 법칙이 별다른 설명도 필요치 않은 채 이 그림들을 순순히 따르고 있었던 것이다. 나는 지도 위로 몸을 기울였고, 다시 한 번 그 놀라운 색채들의 속삭임에 매료되었다. 풀숲 바다는 오랜 전율이 지나고 난 뒤처럼 살랑거리며 흔들리고 있었고, 나의 자석돌은 그 어느 때보다도 지도의 중심부를 향해 빛을 내고 있었다. 나는 커다란 홀에 인접해 있는 작업실들 중 한 곳을 찾아 들어갔다. 그곳에는 모든 재료가 세심하게 정돈되어 있었다. 나는 쪽빛 가루로 나만의 푸른 빛깔을 만들었다. 쪽빛은 푸른색을 빛나게 하면

지도들의 방에 있는 지야라

서도 동시에 투명하게 만들어준다. 준비를 마친 후, 나는 몇 개의 붓을 골랐고, 지도가 있는 곳으로 돌아왔다. 세심한 주의를 기울이며 푸른 산을 그려나가기 시작했다. 안쪽땅의 한가운데에 코르넬리우스가 묘사해주었던 아름답고도 분명한 그 산을 그렸다. 그러자 아래쪽으로 서서히 어떤 불확실한 얼룩 같은 것이 아주 길게 늘어서며 그 모습을 드러내기 시작했다. 그렇다, 흡사 긴 섬처럼 보였다. 자석돌을 그 위에 놓으니 중심을 잡으며 회전하다가, 내가 막 그려놓은 원추형의 푸른 산을 가리켰다. 희미하게 새벽빛이 비칠 무렵, 그 두 개의 섬들이 서서히 지워지더니 이윽고 완전히 지워져 두터운 양피지 속으로 빨려 들어가버렸다.

다음 날 밤, 나는 또다시 어머니-지도가 있는 방으로 들어갔다. 그리곤 다시 지도 중심부에 삼각형을 그려 넣었다. 그러자 또다시 기다란 형태가 아래쪽에서 서서히 나타났다. 긴 섬의 윤곽은 절벽으로 둘러싸인 계곡을 만들어내며 점차 뚜렷해졌다. 그곳의 나무들은 이미 무성한 가지를 뻗어내고 있었고, 곧 숲을 이루었다. 하지만 너무나도 재빨리 사라져버렸기 때문에 꿈속에서 본 것이 아니었음을 확인하기 위해 눈을 몇 차례 비벼보아야 했다. 아침이 밝아오기 전에, 지난번에도 그랬던 것처럼 그 모습은 사라지고 말 것이다.

어느 밤엔가 긴 섬은 여전히 선명하게 모습을 드러냈고, 나는 푸른 산 위에 내 자석돌을 그려 넣는 것에 만족하고 있었다. 자석돌은 단 한 번의 가벼운 붓질에도 벌써 빛을 발하기 시작했다. 그때 나는 조금씩 여러 마을이 나타나는 것을 보았다. 초저녁 무렵에 나타났던 마을은 아침 무렵이 되자 단순한 야영지의 모습으로 변해 있었다. 그 마을과 야영지는 같은 부족 사람들의 것이 아니었다. 그것이 내 머릿속에 떠올랐던 유일한 결론이었다.

나는 이제 오솔길들을 알아볼 수 있었고, 눈에 익은 길들을 따라 거슬러 올라가볼 수도 있게 되었다. 여러 군데 흩어져 있던 오솔길들이 하나의 샘 주위로 모여드는 것을 흥미진진하게 눈으로 따라가보기도 했다. 하지만 새벽이 되기 전, 이 모든 것은 사라져버렸다. 어머니-지도는 **긴 섬**을 지워버렸고, 푸른 산의 원뿔 형태는 무성한 풀들이 이루는 초록 얼룩 속으로 녹아내렸다. 그 모습은 일정한 형태 없이 퍼진 곰팡이 같았다.

밤마다 나는 두세 시간 이상 잔 적이 없었다. 그래서인지 몸은 피곤하고 정신은 예민해져 있었다. 지도채색부 작업실에서 실수도 거듭되었다. 일부러 그럴 마음은 없었지만, 다른 지도 그리는 여인들을 피해 다녔다. 아자데는 그런 내 행동을 염려했다.

"지야라, 이 임무를 꼭 받아들이지 않아도 돼요. 그건 학장님이 당신에게 준 독한 선물이에요. 바다에서 헤엄치고, 거센 바람을 맞으며 물 위를 내쳐 달리는 행복만 알던 당신이…… 지금 당신 모습을 보세요, 그림자처럼 어둡고 야위었어요. 나날이 작아져가는 당신 모습이 숨김 없이 다 보여요."

"학장님은 내게 이 일이 일종의 무거운 짐이 될지도 모른다고 미리 말씀해주셨어. 얼마 자지 못하는 게 사실이긴 해. 하지만 난 괜찮으니 안심하렴."

아자데는 마치 자기 자신을 측은하게 여기듯 슬픈 미소를 지어 보였다.

"제가 보기엔 완전히 지치신 것 같아요……"

"좀 피곤해서 그래."

"일부러 자기 자신을 소진시키고 있잖아요!"

"아자데!"

"그게 바로 코르넬리우스를 다시 만나기 위해 당신이 찾아낸 방법이라는 거 나도 다 알아요."

그녀의 눈에는 눈물이 가득했다. 나는 얼굴을 돌렸다. 당황스러워서 어찌해야 할지 몰랐다. 난 위로하는 방법을 알지 못했다. 한 번도 누군가를 위로했던 적이 없었으니까.

이제 하루도 지도를 보지 않고는 살 수 없는 지경이 되었다.

오! 지도는 내가 그린 푸른 산의 가냘프고 미세한 흔적을 조금씩 간직하기 시작했다. 내가 할 일은 단지 그 떨리는 윤곽들 위에 덧칠을 하고, 뾰족한 산꼭대기에 쪽빛이나 청금빛을 입히고 나서 뒤이어 긴 섬의 모습이 서서히 나타나는 것을 기다리는 일뿐이었다. 내가 그 섬에 살고 있는 사람들을 처음 보았을 때, 잘못 본 것은 아닌지 두 눈을 비비고 다시 보았다. 하지만 분명 그들은 나무 아래를 거닐며 그곳에 서 있었다. 이후 나는 마을에서 연기가 피어오르는 것도 보았다. 어쩌면 수탉이 우는 소리도 들은 것 같다. 그때는 그 모든 것이 사라질 아침을 맞아야 할 시간이었다.

어떤 면에서 보면, 아자데의 말이 맞다. 나는 언뜻 언뜻 보이는 그 풍경들 속으로 들어가기 위해 모든 것을 다 바치고 있었으니까. 마치 잠결 속으로 스르르 빠져들 듯 나를 지우고 있었던 것이다. 그랬다. 날이 갈수록 힘이 빠져나갔지만 내 자석돌은 하루하루 점점 더 힘을 얻어갔다. 당시 나의 존재는, 육신이라는 껍데기를 너무도 갑갑하게 느낀 나머지 저 가련한 돌조각 속으로 파고 들어가기라도 하려는 듯했다.

지도를 보느라 눈을 혹사시킨 탓에 시력이 약해져 있었다. 그렇지만 이제는 기억만으로도 긴 섬을 완벽하게 그려낼 수 있었고, 그곳에 인디간들의 마을을 그릴 수도, 가장 작은 오솔길의 위치마저도 파악하게 되었다. 심지어 그 섬에 사는 주민들의 수도 셀 수 있을 정도였다. 언젠가는 숲 속 한쪽 끝에서 반대편까지 걸어가는 깃털 달린 모자를 쓴 유목민들의 수까지도 일일이 헤아릴 수 있었다. 정신이 나간 것처럼 보였는지 모르겠지만, 난 여전히 코르넬리우스를 찾아 헤매고 있었다. 하지만 그를 볼 수는 없었다. 그런데 바로 그날 밤, 내 주의를 잡아끈 것이 있었다. 바로 물소들이 이끄는 수레였다. 수레는 수풀 속에서 천천히 푸른 산을 향해 나아가고 있었다. 순간 코르넬리우스가 여관에서 브라자딘과 만난 일을 이야기해주었던 기억이 떠올랐다.

'맞아! 이건 장례 마차야.'

그 수레는 고인의 마지막 거처인 바로 저 아련한 푸른 산을 향하고 있었다. 그때 자석돌이 손목을 너무나 무겁게 짓눌렀고, 난 손으로 그 돌을 꼭 쥐어보았다. 그러면서 수레에서 새어 나오는 어떤 소리를 들을 수 있었다. 순간 그것이 코르넬리우스의 목소리라는 것을 알아챘다. 한줄기 눈물이 뺨을 타고 흘렀고, 지도 위로 떨어졌다. 나는 반사적으로 손가락 끝을 뻗어 떨어진 눈물을 닦아냈다. 눈물은 마른 수풀 위에 자그마한 은빛 자국을 남겼다. 그 순간, 조금 전에 들었던 목소리를 다시 한 번 더 분명하게 들을 수 있었다.

"지야라!"

심장이 쿵쾅대며 뛰기 시작했고, 누군가 관자놀이를 망치로 내려치는 것만 같았다. 나는 생각을 가다듬으려고 애썼다. 매일 밤 이곳에 온 지도 거의 세 달이 지났다. 만일 인디고 섬이 지도 위에 존재한다면, 그 섬들은 안쪽땅 안에도 존재할 것이다. 코르넬리우스를 돌아오게 하려면 어떻게 해야 할까?

이튿날 나는 지도채색부 작업실에 아자데를 따로 불러냈다.

"아자데, 아버지와 만날 수 있도록 약속을 잡아줘야겠어."

"아버지는 내일 원정을 떠나세요. 게다가 내일 원정은 아버지의 마지막 원정이에요. 당신이 이미 알고 계실 거라고 생각했는데……"

"그렇기 때문에 그 전에 아버지를 꼭 만나야 해."

"아버지는 너무 바쁘세요, 지야라."

"오늘 저녁, 궁전 입구. 알았지?"

"아버지께서 오실지는 장담할 수 없어요. 게다가 당신이 왜 은둔자처럼 살고 있는지 아무도 이해하지 못해요. 특히 제 아버지는 더 그러세요. 굳이 그 이유를 설명할 필요는 없을 것 같아요."

"아버지께 부탁드릴 거지?"

"물론 말씀드리긴 하겠지만…"

그녀는 한숨을 내쉬었다.

알보랑디스는 약속 장소에 나와주었다. 침묵을 깨트리기 전까지 그는 꽤 오랫동안 아무 말이 없었다.

"내게 원하는 것이 무엇이오?"

"당신에게 해줄 이야기가 있어요."

"그게 무슨 소리요. 석 달 전부터 난 당신을 보지 못했소. 당신은 침묵하기로 했던 거요. 그런데 지금은 내게 말을 하고 싶다는 거군요. 아자데가 불안한 마음을 내게 털어놓았소. 여기서 당신을 보니, 아자데가 당신 소식을 전하는 걸 왜 그토록 조심스러워했는지 알겠군요. 당신은 더 이상 예전의 당신처럼 보이지 않소. 마치 유령처럼 보입니다. 단순히 학장이 맡긴 그 부담스러운 일 때문만은 아니겠지요. 사실 그 일이 힘에 부치고 당신의 능력을 넘어서는 일이긴 하오. 왜 당신 스스로를 망가뜨리고 있소? 어째서 당신의 젊음이 가진 아름다움과 쾌활함, 활력을 없애려는 것이오? 어째서 우리의 우정을 깨뜨리려는 것이오? 어째서 당신의 친구가 되고 싶어 하는 기쁨을 일부러 앗아가려는 것이오?"

"그 이유는…… 그 이유는 코르넬리우스가 살아 있다는 사실을 알고 있기 때문이에요. 그리고 내가 그를 도울 수 있는 방법은 오직 궁전 안에서만 가능하기 때문이에요."

그는 화가 치밀어 손바닥으로 허공을 후려쳤다.

"난 지쳤소, 지쳤다고요! 지야라, 당신의 그 터무니없는 소리에⋯⋯"

"알보랑디스, 제 말을 들어보세요."

"아니오, 그러기엔 너무 늦었소. 난 다른 계획이 있소. 존재하지도 않는 그 섬을 찾으러 가겠다는 신기루 같은 생각은 단념했소. 그건 나만큼이나 당신도 잘 알고 있잖소. 어머니-지도를 살펴보는 것만으로도 충분할 거요. 당신은 그럴 수 있고, 그 방 열쇠들도 가지고 있으니 말이오! 아자데가 당신의 그 인디고 섬을 찾아보았지만, 결국 보지 못했다고 했소. 이제 더 이상 당신의 그 코르넬리우스라는 유령을 쫓기 위해 시간 낭비를 하지 않을 거요. 이제 당신에게 몰인정한 인간이 될 것이오. 당신의 행복, 당신의 정신적인 건강을 위해서. 당신이 날 그렇게 하도록 만들고 있소. 구름 풀숲은 한참 전에 그의 뼈를 덮었소! 이것이 진실이오! 있는 그대로의 진실! 이것이 바로 당신이 어쩔 수 없는 것, 당신이 인정하고 싶지 않은 것이오!"

"제발 부탁드려요, 친애하는 알보랑디스. 제가 당신의 우정을 저버렸어요. 맞아요. 하지만 제가 우정이란 이름으로⋯⋯"

"그만, 그만두시오! 우정에 관한 당신의 횡설수설도, 당신이 내 앞에서 말한 그 모든 속임수들도! 내가 당신을 위해 했던 모

든 일이 내가 저지른 실수들 중에서도 가장 끔찍한 것이 되어 내
게 되돌아왔소. 이제 더 이상 당신의 말을 듣지 않을 거요. 마침
내 내 경력에 도움이 될 수 있는 원정대를 맡을 수 있게 되었소.
난 가장 뛰어난 정탐꾼들과 함께 출발하오. 함정을 만들 장비들
도 준비되어 있소."

"적어도 당신이 어디로 가는지는 제게 말씀해주세요."

"산형화가 피는 그 숲에서 발견되었던 동물들 중 하나를 찾으
러 갈 거요."

"낙지머리 코끼리 말이군요."

내가 말했다. 아자데의 그림들이 떠올랐다.

"바로 그거요. 그래서 오랫동안 떠나 있을 거요, 시간이 얼마
나 걸릴지는 아직 모르오……"

한층 부드러워진 목소리로 그가 말했다.

"하지만 어쨌든 구름 풀숲까지는 가시겠지요……"

"아니오, 지야라. 내겐 시간이 없소. 난 안개강의 출구에서부
터 바로 그 숲을 향해 방향을 잡을 거요."

"그 출구는 **구름풀**의 바다와 인접해 있어요."

"그 지역은 우리가 통상 인디간들과 만나는 장소들과는 너무
멀리 떨어져 있소."

"정탐꾼 몇 명만 보내도 충분할 거예요, 알보랑디스."

"아니오! 난 원정대의 모든 힘과 모든 사람의 힘이 필요해요. 아직 그 동물을 단 한 마리도 잡지 못했소. 더구나 우린 그 동물들이 얼마나 위험한지에 대해서도 아는 바가 없소. 잡는다 하더라도 최단거리로 안개강을 통과할 수 없을지도 모르오. 어쩌면 건너는 데에만 여러 달이 걸릴지도 모르지. 그런데 폭풍우가 밀려오는 계절이 되기 전에 돌아와야 하잖소."

그는 흥분을 감추지 못했다. 그의 몸은 이미 그곳에 가 있었고, 자신의 이름이 영광에 이르는 과정에서 만나게 될 일련의 시련들, 곧 내게 이야기한 그 모든 장애물과 이미 사투를 벌이고 있는 듯했다. 그런데 나는, 오직 코르넬리우스, 내가 사랑하는 그 사람이 돌아오기만을 바라고 있을 뿐이었다.

나는 고개를 숙여 인사했다. 그리고 나지막한 목소리로 "행운을 빌어요." 라고 말하며 그의 팔을 쓸어내렸다.

나는 그를 남겨둔 채 거처로 돌아왔다.

다음 날 아침 일찍 지도채색부 작업실로 갔다. 그곳은 텅 비어 있었다. 사람들 모두 알보랑디스가 이끄는 원정대의 출발 장소에 가 있었다. 이번 원정대는 이제껏 궁전이 계획했던 원정대들 중에서도 그 전례가 없을 정도로 더할 나위 없이 중요한 원정대였다. 짐을 실을 수 있는 안장을 채워놓은 백여 마리의 동물들, 그 수만큼의 사람들, 가장 뛰어난 장님 조합 회원들과 가장 경험이 풍부한 정탐꾼들로 구성되어 있었다.

나는 오전 내내 이전의 원정대들이 제출했던 보고서를 검토했고, 낙지머리 코끼리에 대한 묘사들을 옮겨 적어두었다. 참으로 이상하고 별난 짐승임이 분명했다. 사람들은 이 동물을 아주 멀리서만 보았을 뿐이었다. (가장 가까운 곳에서 보았다는 증언도 무려 삼백 걸음이나 떨어져 있었다. 그것도 숲 속에서 삼백 걸음이라니!) 이 점에 관한 한 학장의 생각은 틀리지 않았다. 아자데에게 어머니-지도 위에 그 동물들의 모습을 가능한 한 눈에 띄지 않게 옮겨놓으라고 했으니 말이다. 나는 학장의 충고를 한 마디도 빼지 않고 기억하고 있었다. 심지어 그녀는 그 동물들이 실제로 존재한다는 것을 믿지 않았고, 언젠가 지워질 거라고 예견했다. 반면, 산형화가 피는 숲은 지도 위에 확실하게 자리 잡고 있었다. 그 숲은 구름 수풀 가장자리에 실제로 있었다. 다만 인디간들과 만나는 장소와는 너무나 멀리 떨어져 있었다. 그때서야 나는 왜 알보랑디스가 그 긴 우회로를 피하려고 했는지 이해할 수 있었다.

아침나절이 지나자, 지도 그리는 여인들은 장관을 이루었던 대규모 원정대에 관해 이런저런 이야기를 늘어놓으며 요란스럽게 돌아왔다. 아자데는 빠른 걸음으로 내게 다가왔다. 나는 그녀가 그토록 난처해하는 모습을 한 번도 본 적이 없었다. 무척 화가 나 있는 듯했다. 그녀가 격앙된 어조로 내게 말했다. 내 지위 따윈 안중에도 없고, 내게 갖춰야 할 일말의 예의도 지키지 않았다.

"아버지는 출발하는 그 순간까지도 당신에 대한 희망을 갖고 계셨어요."

그녀는 화가 나 목멘 소리로 내게 말했다.

"어째서 아버지에게 작별 인사도 하러 오지 않은 거죠?"

"넌 지금 지도 그리는 여인들의 학장에게 말하고 있는 거야, 아자데. 자제해주길 바란다."

"학장님이시기에 더더욱 그의 출정식에 참석해야 했어요. 다른 우주학자들도 모두 그곳에 있었다고요. 그의 명예를 위해서라도 당신은 그곳에 있어야 했어요!"

"네가 잘못 알고 있는 거란다, 아자데! 난 그분께 미리 인사를 드렸어. 내가 그에게 작별 인사를 건네고 행운을 빌어주는데 그렇게 많은 증인이 필요하진 않단다."

그날 밤, 나는 자석돌의 일부를 조각내어 절구에 넣고 최대한 고운 가루가 될 때까지 빻았다. 그리고 그 가루를 색소들과 혼합해서 진귀한 물건들의 방으로 가져갔다. 그런 다음 어머니-지도 위에 낙지머리 코끼리와 관련된 모든 스케치들을 펼쳐놓고,

그 그림들의 도움을 받아가며 우리가 지도 정리를 하기 위해 처음 여기 왔을 때 아자데가 그려 넣은 초벌 그림들을 완성해나갔다. 나는 그것들에 색을 덧입히는 것에만 그치지 않았다. 그렇다, 내가 가지고 있던 그림들과 가장 비슷하게 그 동물들을 그려 넣으려고 온 시간을 바쳤다. 거대하고 위엄이 넘치는 기이한 모습, 곧 하나의 머리와 여섯 개의 코, 그리고 두 개의 육각을 차례차례 그려나갔다. 나는 그 동물들에게 아름다운 청회색의 색조를 입혀주었다. 자석돌 가루 때문에 그 색깔은 밤인데도 가볍게 빛나고 있었다.

푸른 산은 지도 중심에 위치하고 있었다. 지도는 틀림없이 그 산을 받아들인 것처럼 보였다. 그렇게 되기까지 여러 날 긴긴 밤 정성을 들였던 나로서는 결국 기대했던 결과에 도달한 셈이다. 그 산은 그곳에 아름답게 자리를 잡았고, 긴 섬도 역시 푸른 산 아래쪽에 그려져 그 상태를 계속 유지하고 있었다. 덕분에 나는 그곳이 존재하는 가에 대한 질문에 조금의 의심도 품지 않게 되었다. 이제 더 이상 누구도 인디고 섬이 존재하지 않는다고 말할 수 없으리라.

나는 지도 위에 검은색 천을 다시금 펼쳐 덮어놓았다.

그리고 등 뒤로 소리 없이 방문을 닫았다. 정말이지 마지막으로 그 진귀한 물건들의 방 문을 닫았던 것이다.

다음 날, 우주학자들의 발의안이 지도채색부 작업실에 있던 내게 전해졌다. 알보랑디스의 원정대 출발 당시 내가 참석하지 않았던 행동은 잘못이라는 지적이었다. 우주학자들은 최근 수년 동안 가장 많은 예산이 투입된 그의 원정을 지원하기 위해 예비로 마련해둔 준비금에서 자금을 끌어왔다. 그러니까 알보랑디스 브라자딘은 더욱 그의 명예를 걸고 그 일을 진행했을 것이다. 그뿐만 아니라 어느 누구도 최근의 그의 실패를 믿고 싶지 않았다. 이제껏 이어져 내려온 관습은 궁전의 미래를 위해서라도 그같이 중대한 행사에 학장의 참석을 엄중히 요구하고 있었고, 결국 나의 책무는 중단되었다. 그리고 그 책무에 따른 일체의 예우도 중단되고 말았다.

대대적으로 공표된 이 소식은 지도채색부 작업실 전체를 혼란에 빠트렸다. 그렇지만 이 일은 내게 아주 작은 후회의 감정도 일게 할 수 없었다. 이미 캉다아에서 이보다 더한 최악의 상황을 경험했으니까. 오히려 그 어느 때보다 더 자유로워졌음을 느꼈다. 다시금 아침마다 헤엄을 치러 나갔고 몸을 튼튼하게 만들어갔다. 다음번 나디르호가 기항하게 되면 이곳을 떠나기로 결심했다. 무슨 일이 일어나든, 심지어 코르넬리우스가 돌아오지 못한다 하더라도 이곳을 떠날 것이다. 이 문제를 순전히 알보랑디스 탓으로 돌릴 수는 없었다. 어쩌면 그가 옳았는지도 모른다.

그 일만큼은 나도 어쩔 수가 없었다. 내겐 그저 입술을 적셔줄 약간의 물보라와 소금기가 필요했을 뿐이다.

나는 어느 지도 판매 상인이 운영하는 허름한 상점에서 항구업무 관련 통역자로 일하게 되었다. 그때는 오르배에 체류했던 기간 중에서도 약간은 특별한 기간에 속했다. 속내를 드러내지는 않았지만, 모든 사람이 들뜬 채로 알보랑디스의 귀환을 기다리고 있었다. 안쪽땅으로부터 진귀한 물건을 가져오지 못한 지도 너무 오래되지 않았던가! 물론 진귀한 물건을 가져온다 해도 사람들의 생활에 어떤 변화도 일어나지 않을 것은 분명했지만 사람들을 꿈꾸게 해주는 것만으로도 그 가치는 충분했다. 그동안 줄곧 들려왔던 것이라고는 풍문들, 뜬소문들, 실패와 관련된 무성한 말들뿐이었다. 어느 날은 원정대가 길을 잃었다는 둥, 또 어느 날은 원정대가 안개강을 건너지 못했다는 둥 소문들이 나돌았다. 또 알보랑디스가 죽을 처지에 놓였다고 하다가 그 이튿날에는 그냥 상처만 입은 것이라고도 했다. 어떤 사람들은 그가 천재라고 했고 또 다른 사람들은 그가 무능하다고도 했다. 그에게 그렇게 대규모 원정대를 맡기지 말았어야 했다는 둥, 그가 낙지머리 코끼리들 중의 한 마리를 포획하는 데 성공했다는 둥, 그게 아니라 그 동물은 그냥 추락해서 죽었다는 둥, 이 원정대도 역시나 실패했다는 둥, 그 같은 실패는 이미 예견되어 있었다는 둥…… 시간이 흐르면 흐를수록 소문들은 더욱더 증폭되어 갔다. 그렇다고 해서 이런 무성한 말들에 무관심했다고는 말할 수 없을 것 같다. 어쨌거나 이 도시에서 살아가면서 이런 수많은 희망과 실망의 고통스러운 교차를 감내하지 않는다는 건 불가능한 일이었다.

이례적으로 알보랑디스의 귀환이 며칠 앞서 공식 발표되었다. **장님 조합**의 전령이 그의 도착을 알려왔고, 그가 도착하기 전날부터 도시는 온통 기쁨에 차올랐다. 원정대가 지나갈 도로 위에 수많은 꽃잎이 뿌려졌다. 나는 그가 자신의 성과를 더욱 돋보이게 하기 위해서라도 안개강의 가장자리 지역에서 하룻밤 야영을 하지 않을까 추측했다. 아침 시간 자신의 도착에 맞춰 항구를 빛내줄 아름다운 태양의 후광을 받을 수 있도록 말이다. 알보랑디스는 매사에 빈틈없는 우주학자가 아니던가.

거리를 올라가는 많은 군중들 때문에 한발짝도 움직이기가 힘들 정도였다. 도시의 모든 기관들, 궁전의 모든 동업조합들이 멋진 예복을 갖춰 입은 대표단을 파견했다. 나는 높은 곳까지 갈 용기가 없었다. 너무나 많은 사람들이 도시로 통하는 문마다 빽빽하게 모여 있었다. 나는 이런 식의 떠들썩한 열광을 싫어했기에 궁전 한구석에 남아 있었다. 손목 위로 자석돌이 묵직하게 느껴졌다. 그 돌은 정말이지 부담스러웠다. 나는 수도 없이 그 돌에게 자문을 구했고, 인내심을 시험하는 그 돌을 수도 없이 책망하기도 했다.

이제 사람들의 물결이 되밀려왔다. 그리고 함성이 거리를 메웠다. 여기저기서 "알보랑디스 브라자딘!", "정탐꾼 대장 르피아스!", "장님 조합 수장 시렐리스!" 하며 원정대의 사람들을 연호하는 소리가 들렸다.

'그렇겠지, 위대하신 분들이 내려오니 오죽할까!'

그들의 뒤를 낙지머리 코끼리가 바짝 붙어 걷고 있었다. 그 동물은 거대하고 아름다웠지만 소란스러운 군중들 때문에 너무나 놀란 나머지 특유의 위풍당당함은 사라지고 없었다. 그것을 옭아맨 밧줄이 없었다면, 누구도 감히 그 동물을 만지려고 손을 뻗지 못했을 것이다. 그렇다면 이것이 진귀한 물건이란 말인가? 옭아맨 사슬의 육중한 무게에 짓눌린 채 머리를 숙이고 있는 왕! 내가 어머니-지도 위에 그려놓은 동물들은 아직도 숲 속을 달리고 있을 것을⋯⋯

하지만 순간, 나는 그 동물이 내가 그려 넣었던 아름다운 푸른빛을 몸에 지니고 있음을 보았다. 피부가 햇빛에 빛나고 있었다. 피부 위엔 반짝이는 작은 섬광들이 점점이 흩어져 있었는데, 그건 내가 자석돌 조각을 빻아 만든 가루의 반짝임과 같은 것이었다. 그리고 나는 보았다. 군중을 앞서 나아가고 있던 그 낙지머리 코끼리 바로 옆, 금빛 머리칼의 한 남자를, 열정적인 눈빛의 한 남자를 보았다.

심장이 너무나도 힘차게 요동칠 때, 상대에게 날아갈 듯 달려가고픈 억누를 수 없는 마음 앞에서 돌연 차분해지는 이 신중함을 알까? 그것은 어머니가 내게 남기신 것이자 어쩌면 산골 소녀들의 특징이었는지도 모른다. 나는 이번에도 내가 믿고 싶은 것을 지어내 보고 있는 것은 아닌지 두려웠다. 내가 혹시 살아있는 코르넬리우스라는 새로운 환영의 먹잇감이 된 건 아닌지 겁이 났다. 두 다리가 말을 듣지 않았다. 나는 그 자리에 못 박힌 듯 서 있었다. 아치형 통로의 그늘 아래, 한 발자국도 움직일 수 없는 채로.

그의 두 눈이 내가 숨어 있는 깊은 곳까지 들어와 나를 포착할 때까지, 그리고 그가 나를 향해 몸을 돌리는 것을 볼 때까지 나는 계속 서 있기만 했다. 그 역시 아무 말이 없었다. 지나가던 사람들이 그에게 길을 내주었다. 그리고 순식간에 내디딘 그의 마지막 발걸음. 미처 한마디 말을 내뱉기도 전에 그의 두 팔은 내 몸을 완전히 감쌌다.

나는 오직 그것만을 원했다. 그를 감싸 안는 것, 나를 그에게 붙들어 매는 것, 그의 심장과 내 심장이 맞붙어 터질 듯 뛰고 있음을 느끼는 것, 다시 한 번 내 이름을 속삭이는 그의 목소리를 듣는 것. 오직 그것만을 원했다.

"지야라."

축제는 며칠이나 계속되었고, 세상 반대쪽 끝까지 계속될 것만 같았다. 하지만 그 축제는 더 이상 우리와 상관이 없었다. 이런 축제가 아니어도 우리 앞에는 수많은 아름다운 날들이 펼쳐질 테니까! 아마도 축제의 정점은 낙지머리 코끼리가 안쪽땅 정원으로 들어갈 때였던 것 같다. 그때까지 사람들은 그 동물을 우주학자들의 궁전 앞에 설치된 거대한 우리 속에 가두어, 모든 사람이 볼 수 있도록 하는 것이 좋겠다고 생각했다. 한편 알보랑디스 브라자딘에게는 '위대한 발견자'라는 칭호가 부여되었다. 그가 보낸 하인이 우리의 작은 방을 찾아왔고, 그날 저녁 개최할 자축 연회에 우리를 초대한다고 전해주었다.

코르넬리우스는 그 연회에 갈 이유가 전혀 없었다. 그리고 나역시도 가고 싶지 않았다. 하지만 나는 알보랑디스가 보여주었던 호의, 그리고 알게 모르게 그로부터 받았던 모든 도움에 빚을 졌다는 생각이 들었다. 게다가 아자데에 대한 진심 어린 애정도 여전히 간직하고 있었으므로.

알보랑디스는 늘 그래왔듯 스스로 자신의 지위에 어울릴 법하다고 여겨지는, 약간은 의례적인 열의를 내비치며 우리를 맞이했다. 나는 그가 거둔 위업을 축하해주었다. 그는 우리 둘 다 옳았다고 말했다. 내 경우엔 코르넬리우스가 살아 있다고 끈질기게 믿었던 것이, 그의 경우엔 자신이 이끄는 원정대를 위해 의견을 바꿨던 것이다. 나는 그의 간결한 표현에 동의했다. 굳이 반박할 이유가 없었다.

"알보랑디스."

내가 그에게 말했다.

"곧 있으면 나디르호가 돌아올 거예요, 그때 이번 초대에 대한 보답으로 당신을 저희 배에 초대하고 싶어요. 부디 아자데와 함께 와주시겠어요?"

그는 고마움의 표시로 내게 손을 내밀더니, 몸을 숙여 인사를 건넸다. 그리고는 이제 막 도착한 다른 손님들을 맞이하기 위해 자리를 옮겼다.

약속에 충실한 우리의 나디르호가 돌아왔다. 모든 돛을 활짝

편 채 정박지에 들어서는 그 모습을 보며 너무 기쁜 나머지 깡총깡총 뛰었다. 세상에 그와 같은 배가 두 척일 수 없지 않은가! 천 척, 아니 만 척이 넘는 배 사이에서도 나디르호를 알아볼 수 있었다. 배가 멈추자 뱃머리로부터 내려온 닻과 사슬이 부딪치며 물속에 잠겼다. 그 익숙한 소리에 나는 전율을 느꼈다. 작은 배가 물 위에 내려지고, 선체를 벗어나 우리 쪽을 향했다. 부두에서부터 크게 손짓하고 있던 코르넬리우스와 나를 마테오가 알아보았고, 힘차게 노를 저어 오던 그는 작은 배의 속도를 늦추는 것도 잊어버려 배가 쿵 소리를 내며 부둣가에 부딪치고 말았다.

파당이 제일 먼저 뭍으로 뛰어올랐고, 그 뒤로 닌과 안이 달려오더니 뒤로 나자빠질 만큼 격렬하게 나를 얼싸안았다.

그 후 일주일이 채 지나지 않아 포사니아스의 배가 도착했다. 이렇게 우리는 다시 모이게 되었다. 빈 가오 섬의 친구들, 파당, 마테오, 포사니아스, 닌, 안, 그리고 나우. 나는 과연 이 순간을 다시 맞을 수 있을까 너무나 오랫동안 의심했고, 너무나 오랫동안 우리의 재회가 영원한 슬픔으로 얼룩지지나 않을지 두려워했다. 하지만 이제 코르넬리우스가 여기에 있다. 누구든 그를 보며 감탄을 금치 못했다. 우리의 대화와 웃음은 처음 함께 보냈던 저녁 시간들과 마찬가지로, 어느새 화로의 따닥거리는 소리와 감미로운 우정 속에서 다시 피어오르고 있었다.

떠나기 이틀 전, 나는 나디르호 갑판에 알보랑디스 브라자딘과 그의 딸 아자데를 초대했다. 저녁 시간 내내 알보랑디스는 그 특유의 오만함과 최근에 얻은 영광스러운 직함을 조금은 잊은 듯했다. 아마도 그는 아름다운 추억에 이만 작별을 고하기로 마음먹은 듯했다. 그는 우리가 처음 만났을 때와 같이 매력적이면서도 주의 깊은 모습을 보여주었다. 하지만 철저히 예의 바른 겉모습 아래로 불만스러운 감정을 모두 감출 수는 없었다. 나는 그의 마음을 그의 주름진 이마에서, 몇 번인가 갑작스럽게 드러나던 그의 시선 속에서 읽어낼 수 있었고, 완곡한 어조로 내뱉은 말에서도 이따금씩 그 마음이 나타나곤 했다. 너무나도 많은 질문이 답변 없이 남겨져 있었다. 알보랑디스는 어떻게 코르넬리우스가 그토록 오랫동안 구름 풀숲에서 살아남을 수 있었는지 궁금해 했고, 또 어떻게 코르넬리우스가 이븐 브라자딘을 만난 일을 결코 우연일 리 없다고 마음속 깊이 믿을 수 있었는지 도무지 납득할 수 없었다. 위대한 발견자인 그는 해답이 되어줄 열쇠를 영원히 찾지 못한 채 수수께끼로 남겨둬야 할 것이다. 나는 바다 공기로 가슴을 가득 채웠다. 늦은 시간이었음에도 여전히 활기를 띠고 있던 우리 주변의 이 모든 배들, 이 모든 집들, 이 모든 거리들을, 우리 인간의 조건은 그 모든 것을 수없이 많은 단순한 이야기로, 보잘것없거나 혹은 놀라운 이야기로 가득 채워오지 않았던가! 바로 그때, 나는 검은 돛을 단 배들이 슬그머니 미끄러지듯 들어오는 것을 보았다. 빠르고 조용하게 움직이는 그 배들은 우주학자들의 궁전으로 향하면서 정박지를 가로질러 갔다. 그 배들이 지나가는 것을 지켜보기 위해 우리는 모두 자리에서 벌떡 일어섰다. 코르넬리우스는 배 난간에 팔꿈치를 괴고 기대서 있었다. 그런데 곧장 그의 옆으로 다가간 알보랑디스가 느닷없이 그에게 질문을 던졌다. 구름 풀숲에서 그가 보았던 것이 정녕 무엇이었냐고. 코르넬리우스는 그들이 귀환하던 중에 이미 그에게 말했고, 또 반복해서 말했던 것을 답으로 내놓았다. 자신은 깊은 잠에 빠져 있었고, 인디간들이 그를 받아들여 보살펴주었다고. 나중에 그들이 자신을 산형화가 피는 숲 근처까지 직접 데려다주었다고.

"그렇다면 당신이 보기엔, **인디고 섬**이 존재하지 않는단 말이오?"

약간 화난 기색이 배어 있는 목소리로 알보랑디스가 물어보았다.

"존재하지 않소. 난 단지 잠결에 그곳을 보았을 뿐이오."

코르넬리우스는 거짓말을 했다.

나는 그 두 사람과 떨어져 얼굴을 스카프로 감싸고 있었지만, 그들이 하는 대화를 듣기에는 충분한 거리였다. 나는 코르넬리우스가 거짓말을 한 까닭을 알고 있었다. 자신들이 꿈의 시간을 살고 있는지도 모른 채 살아가고 있는 그곳 주민들의 생존을 염려해 그들을 보호하려 했다는 것을 말이다. 그들 옆에서 포사니아스와 마테오가 검은 돛을 단 배들의 유려한 움직임에 감탄하고 있었다. 그들은 뱃사람으로 살아오면서 경험한 추억의 보따리를 펼쳤다. 빈 가오 출신의 진주잡이 해녀들인 나의 세 자매들은 까르르 웃음 짓는 쌍둥이를 어르고 있었다. 나는 아자데가 어울리지 못하고 혼자 남아 있는 모습을 보았다. 나는 그녀에게 다가갔다.

"아자데."

차분한 목소리로 그녀에게 말했다.

"난 곧 떠날 거야. 우린 어쩌면 영원히 다시 볼 수 없을지도 몰라. 내일 새벽에 너희 집 앞으로 갈게."

나는 계속 말을 이었다.

"네게 전해줄 선물이 하나 있어. 또 네게 부탁할 것도 있고. 나와줄 거지?"

"그럴게요."

그녀의 두 눈이 흐려졌다. 나는 그녀를 두 팔로 꼭 껴안았다.

다음 날, 약속대로 나는 해가 뜨기 전에 정확히 그녀의 집 입구에서 기다리고 있었다. 왼손에는 꽃 한 송이를, 오른손에는 둥글게 말린 양피지 한 장을 들고 있었다. 문이 열리면서 소녀의 얼굴이 나타났다. 내가 양피지를 내밀자 아자데가 받아 펼쳐 보았다.

"이건 지도야, 아자데. 빈 가오로 가는 바닷길. 어쩌면 언젠가, 너 역시도 떠나고 싶은 욕망에 사로잡힐지 몰라. 넌 나보다도 젊으니… 아무 말도 하지 말아주렴. 넌 삶이 네게 무엇을 줄지 알수 없어. 하지만 그 무엇도, 그 누구도 네가 궁전의 담벼락 안에서 남은 삶을 보내도록 강요할 수는 없을 거야. 이건 너를 위한 내 선물이야."

"그럼 부탁은요?"

"나와 함께 어디 좀 가줬으면 좋겠어. 멀지 않은 곳이야. 금방돌아올 수 있을 거야."

아직 날씨가 추워 그녀가 외투를 입고 나왔다. 우리는 **안쪽땅 정원**을 향해 올라갔고, 여자 지도 제작자들의 무덤으로 길게 이어진 성벽 길에서 옆길로 빠졌다. 난 사날라 학장의 무덤 앞에 멈췄다. 하얀 돌로 만든 묘비만이 잔디 위에 세워져 있었다. 표면이 고르지 못한 그 묘비는 나선 모양의 조개 화석으로 만들어져 있었다. 학장이 손수 돌을 선택했다. 언젠가 학장은 내게 이런 말을 해준 적이 있다. 이 조개의 형태를 보고 있노라면 귀[耳]

의 굴곡이 떠오른다고. 그러더니 그녀는 웃음을 참으며 내게 말했다.

"만일 뭔가 할 이야기가 있거든 내게 말하러 와요. 누가 알겠어요, 어쩜 내가 당신 말을 들을 수 있을지도!"

나는 손을 뻗어 소녀의 손을 잡았다.

"아자데, 넌 나에게 정말 잘해줬어…… 나를 받아주고, 또 지지해주었지. 내게 살아갈 힘과 밝은 마음을 선물해줬어. 사날라 학장님은 이 우정을 격려해주셨단다. 몇 달 후면 그분의 애도 기간도 끝날 거야. 그러면 사람들이 다시 진귀한 물건들의 방을 열게 되겠지. 어머니-지도를 덮고 있는 검은 천도 걷혀질 거고. 너는 다시 그 지도의 색채들이 내는 음악을 들을 수 있을 테고, 그것들이 뿜어내는 매력을 다시 보게 될 거야. 학장님은 지도 그리는 여인이 되려면 상상력의 힘을 발휘해야 하기에, 현실의 절대 권력에 복종해서는 안 된다고 말씀하셨어. 너 역시도 위대한 지도 그리는 여인이 될 재능을 가지고 있어. 네가 지도 위에서 발견하게 될 변화들에 놀라지 않았으면 좋겠어. 난 이제 더 이상 이곳에 있지 않을 거야, 하지만 어머니-지도, 그것이 네게 설명해줄 거야. 그러니 넌 어머니-지도가 우리에게 가르쳐준 것을 네 마음속 깊은 곳에서 진실되게 듣기만 하면 돼."

난 사날라의 무덤에 꽃을 내려놓았다.

발아래서 철썩이는 파도를 다시 느끼다니, 이 얼마나 행복한 일인가!

나디르호는 맹렬하게 물결을 껴안았고, 기세등등하게 파도 위를 내달렸다. 우리의 작은 낙원 빈 가오를 향해 돛을 높이 펼쳤다. 우리는 그 해변으로, 종려나무들이 모자처럼 얹혀 있는 그 마을로 돌아왔다. 우리는 일주일을, 한 달을, 그러다 일 년을 머물렀다.

코르넬리우스의 수영 실력은 나날이 나아졌고, 이제는 나만큼이나 멀리 잠수도 할 수 있었다. 어느 날 우리는 크산 섬에 사는 오안과 타노베이를 보러 갔다. 그들은 우리가 처음 만났을 때와 별반 다름이 없었다. 주름진 얼굴과 언제나 웃을 준비를 하고 있는 듯 살짝 위로 올라간 광대뼈도 여전했다. 타노베이는 다시한 번 상아 돌고래를 만져보고 싶어 했다. 그녀는 내가 첫 아이를 낳을 거라고 귀띔해주었다. 첫아이는 딸이었다. 나는 그 아이를 사날라라고 이름 지었다. 다음에는 우리 아들 이드리스가 태어났고, 그다음엔 셋째 딸 위에가 태어났다. 나디르호는 아이들을 넓은 하늘로 품었고, 우리와 마찬가지로 아이들도 돛이 바람을 가득 받아 펄럭이는 소리를 좋아했다.

어느 날 저녁 코르넬리우스가 내게 말했다.

"지야라, 언젠가 당신이 항해를 멈추고 싶어진다면, 나는 그곳이 바로 여기, 빈 가오였으면 좋겠소."

　나는 내 팔찌를 손목에서 풀었고, 그에게서 그의 팔찌를 받았다. 두 조각의 돌은 서로 가까이 다가가자 곧장 하나가 되었다. 나는 그 돌을 주먹으로 꼭 쥐었다.

　"당신 확실해요?"

　"난 확실해요."

　난 하나로 합쳐진 그 자석돌을 힘껏 멀리 던졌고, 그것은 공중에서 길게 포물선을 그렸다. 그리고 이곳, 빈 가오 만, 물속 깊은 곳으로 돌아갔다.

이제 우리도 나이가 들었다. 타노베이와 오안만큼은 아니지만. 물론 그들은 여전히 살아 있고 자신의 일을 계속해가고 있다. 다만 바닷바람의 소금기가 우리 머리카락에 입혀졌다. 코르넬리우스의 머리카락은 이제 더 이상 금빛이 아니고, 내 머리카락도 이제 더 이상 검지 않다.

이따금 밤이 내리면, 나는 오르배로 돌아가는 꿈을 꾸어요.
나는 휘영청 뜬 달빛으로 환히 밝아진 우주학자들의 궁전 복도를 걸어가요. 높다란 둥근 천장 아래를 꿈의 장막 같은 내 스카프를 두른 채 지나가요.

예전에 넓은 바다를 누비던 수많은 여행, 난 이 방 저 방을 다니며 그 여행을 완수해요.

나는 방황의 성을 수호하는 여인이에요.

난 '저주받은 지도들'의 방 열쇠를 가졌답니다. 그 지도들의 내용을 누설하면 죽음의 처벌이 내려지지요. 수많은 왕들이 그 지도들을 차지하려고 서로 싸웠답니다. 부와 약탈의 길들을 그려놓은 그 지도들을. 그중에서도 가장 끔찍한 지도는 노예들을 사고파는 길이 그려진 지도였지요.

나는 '소심한 지도들'의 방문을 소리 없이 밀어요. 그 지도들은 열기에 들떠 휘갈겨 그려진, 말을 더듬는 것같이 불분명하고, 영원히 붙잡을 수 없을 것 같은 야생의 흙으로 이루어진 세계 앞에 겁을 먹은 지도들이에요……

나는 '잊혀진 지도들'의 방으로 미끄러지듯 들어가요. 그곳에선 너무나 오래된 세상의 지도들이 먼지처럼 바스라져가고 있어요…… 그것들과 함께 지도 위에 그려진 고장들에 관한 천 년의 기억이 말없이 연기처럼 사라져버려요.

나는 '잠든 지도들'의 방을 방문해요. 그 지도들은 오직 어두움과 침묵만을 짊어지고 있어요. 왜냐하면 그것들은―오! 가장 아름다운 지도들이기도 한 이 지도들은―오직 세상의 반대쪽을, 우리가 깨어 있을 때 밤에 빠져 있는 그 세계만을 그리고 있기 때문이지요.

나는 그 지도들을 손가락 끝으로 가볍게 쓰다듬어요. 그것들은 자신들의 지나간 화려한 모습과 사라져버린 영광을 내 귀에 속삭여주죠.

큰 강들과 작은 시냇물들이 곳곳에 흐르는 나라들도 오직 오래된 양피지의 가호에 의해서만 그들의 운명을 지탱할 수 있지요. 양피지 위를 달리는 기러기 깃털 펜의 사각대는 소리와 그것의 생을 마감하게 만드는 쥐들이 이빨로 갉아 먹는 소리 사이에서 지도의 운명은 달라지지요…… 그 나라들에 살고 있던 너무나도 아름다운 이름을 갖고 있던 사람들은 모두 어떻게 되었을까요?

제네트, 챵가이올, 옹반, 망다르그, 뮈지달, 그리고 사라진 다른 많은 사람들……

나는 결혼 행진을 보고 있답니다. 춤추는 사람들의 웃음소리를 들어요. 그리고 옷감이 서로 쓸리며 빚어내는 저 속삭임 속에서 리듬에 맞춰 붉은 땅을 박차며 춤을 추는 발들이 나를 그들의 궁전 앞까지 이끌어요. 그곳에서 나는 왕들, 금과 깃털로 치장한 검은 왕들을 보아요. 나는 창을 세우고 있는 왕의 병사들도 보아요. 그들이 북소리에 맞춰 행진하는 모습도 보아요. 멋진 장신구를 걸치고 발가락엔 발찌를 차고 있는 그들을. 나는 그들이 사냥을 떠나는 모습을 보아요. 그리고 그들의 화살 앞에 광활한 종이 숲의 보호를 받으며 공포에 질린 환상 속 동물들이 도망치는 모습을 보아요.

여행하는 여인 나 지야라는 밤의 궁전에 홀로 남아, 모두에게 마지막 생명의 입김을 불어넣어주고자 나의 방황을 멈춘답니다……

나는 '진귀한 물건들'이 있는 방의 문을 밀어요. 나는 주저하는 손가락으로, 보이지 않는 비밀스러운 지도를 그려요. 이쪽에 호수 두 개를 그려 넣어요. 그건 두 눈이에요. 저쪽에 숲을 그려요. 그건 머리카락이에요.

나는 푸른 산이 있는 나라로 떠난 내 연인의 미소에 입을 맞춰요. 그는 코르넬리우스……

나는 내 영혼이 그를 만나기 위해 인디고 섬을 향해 갔다고 생각해요.

'노인들의 빵'이 풍기는 향기에 이끌려 가는 내 고향땅 참깨와 같이 내 영혼은 여행으로 가득 차고 온갖 색채들로 빼곡히 채워져 있답니다.

나는 캉다아 선단의 대선장, 밀수꾼이자 진주잡이 해녀, 지도 그리는 여인, 그리고 사랑에 빠진 여인이랍니다……

나는 산에서 풍겨나는 백리향 향기를 느껴요. 나는 황무지의 염소 떼가 방울 소리를 울리며 흩어지는 소리를 들어요. 나는 염소 치는 소녀가 되어 잠에서 깨어나요.

나는 손을 들어 목 언저리로 가져가, 내게 바닷길을 열어주었던 상아로 만든 돌고래를 만져보아요.

잠에 빠진 코르넬리우스가 내 이름을 중얼거리며 부른답니다. 지야라……

나는 어둠을 두려워하지 않고, 밤이 되어도 미소를 띠고 있지요. 왜냐하면 난, 제 아무리 깊은 그의 꿈속에서조차도, 지야라, 빛나는 여인이기 때문이에요.

〈끝〉

낱말 풀이*

ㄱ

구름천 toile à nuage 인디고 섬의 큰 섬 주민들이 구름 풀을 수확해 만드는 옷감으로. 비단보다 곱고 가벼우며 튼튼하다.

구름풀 herbe à nuage 인디고 섬의 큰 섬에서 자라는 풀로 수확 시기가 되면 끝에 털뭉치 모양의 솜이 달리는 구름천의 재료로 쓰이는 풀. 키가 크며 매우 섬세한 감각을 가지고 있어 외부의 자극에 민감하다. 풀잎의 빛깔은 시시각각 변하는 하늘의 빛깔에 따라 바뀐다.

거인들의 섬 île des Géants 난파된 배들이 물살을 따라 우연히 닿게 되는 섬으로, 알파벳 "G" 모양을 한 섬이다. 사람 형상을 한 거대한 돌 조각상들을 볼 수 있다. 『오르배 섬 사람들이 만든 지도책』 2권 중 「거인들의 섬(G)」 편 참조.

검은 돛을 단 배 voile noire 1. 비취 나라의 밤의 대신들과 거래를 하는 오르배의 상선단. 구름천으로 돛을 만들어 달고, 밤에만 움직이기 때문에 밤 하늘의 빛인 검은 돛의 배라고 불린다. 2. 흑진주 해협에 출몰하는 해적들의 배.

긴 섬 île Longue 인디고 섬 중 '큰 섬'을 달리 부르는 말.

---

* 낱말풀이에서 설명하고 있는 낱말들은 이 책의 전작인 『오르배 섬 사람들이 만든 지도책』(전6권)을 토대로 독자들의 이해를 돕기 위해 역자가 덧붙인 것임을 밝힙니다.

ㄴ

나디르호 le Nadir 지야라가 선장으로 있는 배. 지야라를 추종하는 선원들이 모여 세계 곳곳을 다니며 교역을 한다.

노인들의 빵 의식 Rite de Pains des Vieillards 매년 열리는 캉다아의 대귀항 축제에서 노인들의 빵을 나누어 먹는 의식. 노인들의 빵은 백 년 동안 전해져 내려오는 효모로 만든 빵이다. 이 의식 동안 자신의 빵에서 돌고래 부적을 발견하는 자는 캉다아의 대선장이 된다는 예언이 전해 내려오고 있다.

ㄷ

다섯 가지 호기심 항구 Quai des Cinq Curiosités 오르배 섬의 바깥쪽땅에 위치한 항구로 희귀한 물건들을 사기 위해 세계 곳곳에서 몰려온 선박들이 기항하는 곳이며, 안쪽땅과는 달리 외부인의 출입이 자유로운 곳이다.

대귀항 선단 flotte de Grand Retour 먼 나라의 온갖 향신료와 물건들을 싣고 캉다아로 돌아오는 상선들의 집합.

대귀항 축제 fête de Grand Retour 캉다아에서 일 년에 한 번 열리는 축제로 먼 바다로 나갔던 캉다아의 상선들의 성공적인 귀환을 축하하는 잔치. 신기한 외국의 풍물과 과일, 동식물을 감상할 수 있다.

대선장 Grand Amiral 캉다아의 선단을 이끄는 최고 지휘자.

도티케 Dotikay 흑진주 해협에서 자주 출몰하는 해적선의 두목.

떠다니는 정원 jardin flottant 연꽃 나라에서는 배 위에 식물원을 꾸며 놓고 사람들이 즐길 수 있게 하는데, 뱃사공이 직접 노를 저어 여기저기로 이동하며 다닌다.

ㅁ

말해선 안 되는 것 l'Imprononçable 비취 나라에서 구름천을 일컫는 말. 비취 나라에서 구름천은 오직 황제를 위한 물건이다. 따라서 사람들은 구름천을 '말해선 안 되는 것'이라고 부른다.

맛의 궁전 Palais du Goût 노인들의 빵을 보관해놓은 장소. 매년 대귀항 축제에서 노인들의 빵을 나누어 먹는 의식을 하고, 그 빵의 일부를 저장해두는 곳.

물의 왕 Roi des Eaux 연꽃 나라를 다스리는 왕. 비밀스럽게 하루하루 장소를 옮겨 다니면서 나라를 통치하고, 물에 관한 모든 것을 자유자재로 조절하고 부리는 능력을 가졌다.

뮈지달 Musidale 해뜨는 제국 중 시랑단에 거주하는 부족으로 코르넬리우스가 구름천을 찾기 위한 대상단을 꾸릴 때 만난 두 번째 상인인 이드리스 칸이 이 부족 출신이다. 『코르넬리우스의 여행』 참조.

ㅂ

밤의 대신 mandarins de la nuit 비취 나라 황제를 위해 일하는 고위 관리들로 구름천의 수급을 위한 비밀 업무를 담당하고 있다.

비취 나라 Pays de Jade 비취 나라 황제의 강력한 왕권으로 다스려지는 나라로 코르넬리우스가 한때 지도제작자로 밤의 대신들과 함께 일했던 곳. 이곳에서 구름천은 '말해질 수 없는 것'으로 불리며, 황제만이 사용할 수 있는 귀한 물건으로 취급된다. 비취 나라 황제의 여름 나기와 태양새에 관한 자세한 이야기는 『오르배 섬 사람들이 만든 지도책』 3권 중 「비취 나라(J)」 편 참조.

ㅅ

세 가지 향수 석호 Lagune des Trois Parfums 연꽃 나라를 찾을 수 있는 관문이 되는 석호. 먼 바다에서 온 배들이 정박하기 좋은 장소이다.

신밧드의 섬 iles de Sindbad 오팔 해 남단에 위치한 섬으로 선원들 사이에 퍼져 있는 모험적이고 신비로운 풍문으로 가득한 섬.

ㅇ

아련한 쪽빛 Bleu de lointain 인디고 섬 중 '신성한 섬'의 수평선에 아련한 안개처럼 떠도는 푸른 기운.

안개강 fleuve de Brume 오르배 섬의 안쪽땅을 감싸고 있는 짙은 안개로 이루어진 경계막. 스스로 빙글빙글 돌아간다. 장님 조합 회원인 길 안내자를 동행해야만 안개강을 건너서 안쪽땅으로 들어갈 수 있다.

안쪽땅 정원 jardin de Terre Intérieure   오르배의 안쪽땅을 탐험한 '위대한 발견자'들이 바깥쪽땅으로 가져온 식물들과 동물들이 집대성되어 있는 박물관 같은 장소. 정원처럼 꾸며져 있어서 붙여진 이름이다.

알리자드 Alizade   연꽃 나라의 교역의 중심이 되는 항구 도시.

야단법석 비의 계절 saison des pluies-tambours   연꽃 나라의 두 계절 중 하나로, 둥글고 무거운 먹구름이 홍수를 일으켜 매우 야단스럽게 비가 내리는 시기. 다른 한 계절은 달콤한 비의 계절saison des pluies-caresse로 구름이 희고 따스하며 우유 같은 비가 내린다.

어머니-지도 carte-mère   오르배 섬 전체를 그린 지도. 오르배 섬은 섬의 중앙부인 안쪽땅과 해안선 가까이 있는 바깥쪽땅으로 구분된다. 안쪽땅은 매년 바깥쪽땅 주민들로 이루어진 원정대에 의해 탐험되곤 한다. 오르배 섬 사람들은 안쪽땅은 살아있는 생명체와 같아 항상 변화를 거듭하고 있으며, 그 변화를 지도에 매년 기록해 두어야 한다고 믿는다. 어머니-지도의 기록과 수정은 원정대의 탐험일지를 토대로 우주학자들의 학회에서 그 자세한 사항을 결정한 후, 지도채색부의 지도 그리는 여인들이 그려 넣는 방식으로 이루어진다. 오르배 섬에 관한 더 자세한 이야기는 『오르배섬 사람들이 만든 지도책』 4권 중 「오르배 섬(O)」 편을 참조하라.

연꽃 나라 Pays du Lotus   수많은 강과 운하, 연못들로 이루어진 나라로 드넓은 영토지만 눈에 띄지 않는 곳에 있는 까닭에 세 가지 향수 석호에 우연히 닿을 때에만 비로소 찾을 수 있다. 물의 왕이 지배한다.

우주학자들의 궁전 Palais des Cosmographes   오르배를 다스리는 통치 계급인 우주학자들이 업무를 보는 궁전. 세계 곳곳의 지도들이 보관되어 있고, 오르배의 안쪽땅을 기록한 어머니-지도가 있다.

인디간 Indiganes   인디고 섬 중, 긴 섬에 사는 주민들로 구름풀을 수확하여 구름천을 만든다. 이 구름천으로 바깥쪽땅 주민들과 교역을 한다.

인디고 섬 île Indigo   오르배 섬 중심부에 위치한 알파벳 'i' 모양의 두 개의 섬을 일컫는 말. 'i'의 윗 점에 해당하는 푸른 산은 '신성한 섬'으로, 아래의 막대 부분에 해당하는 땅은 '큰 섬', 혹은 '긴 섬'으로 불리운다. 인디간과 지조틀인들이 살고 있다.

ㅈ

장님 조합 Guilde des Aveugles 오르배 섬의 상인 조합으로 유일하게 안개강을 건널
수 있는 특권을 갖고 있다. 이들의 안내 없이는 아무도 안개강을 건널 수 없다.

자모랭 Zamorin 연꽃 나라의 입구 격인 항구 도시 랑 뤼안에서 교역에 관한 법률
을 관장하는 업무를 주관하는 관리의 직함.

제논 당브르와지 Zénon d'Ambroisie 캉다아의 최고 상선을 지휘하는 해군 제독. 캉
다아의 대사 자격으로 연꽃 나라에 왔으나 연꽃 나라의 매력에 푹 빠진 그는 연꽃
나라 물의 왕의 신임을 받고 그곳에서 여러 관직을 역임한다. 지야라와 만날 약속
을 하지만 그 약속을 지키지 못했고, 죽을 때까지 연꽃 나라 사람으로 살아간다.
제논의 이야기를 보다 자세히 알고 싶다면 『오르배 섬 사람들이 만든 지도책』 중
「연꽃 나라(L)」편을 보라.

지도 그리는 여인 enlumineuse 안쪽땅을 탐험하고 온 원정대의 기록을 토대로 우주
학자들의 학회에서 결정된 내용을 '어머니-지도'에 그려 넣는 지도채색부에 소속된
여인들.

지도채색부 Cabinet des Enluminures 오르배의 지도인 어머니-지도를 그리는 일을
하는 부서로 지도 그리는 여인들로 구성되어 있다.

진귀한 물건 le mérveille 오르배 섬의 안쪽땅에서 가져오는, 지금까지 없었던 새로
운 식물이나 동물을 부르는 말. 진귀한 물건을 바깥쪽땅으로 가지고 오는 자는 '위
대한 발견자'라는 칭호를 얻고 평생 명예롭게 살 수 있다.

ㅋ

코르넬리우스 Cornélius 북쪽 지역에서 온 상인. 우연히 묵게 된 여관에서 인디고
섬과 구름천에 관한 이야기를 듣고 인디고 섬을 찾아 떠난다. 여행 도중 돌고래 여
인 지야라를 만나 연인이 된다.

크산 섬 Xan 흑진주 해협의 섬들 중 돌고래 신전이 있는 섬.

키눅타 섬 Quinookta 식인종들이 사는 섬. 공작 나무의 영롱한 빛으로 선원들을 홀
려 섬으로 이끈다. 식인종들이 화산 분화구에 던져 넣은 인간 제물 역시 '키눅타'라
고 부른다. '먹을 것을 가져오는 자'라는 뜻이다.

ㅎ

해군 사령부 공원 les jardins de l'Amirauté   도시국가 캉다아의 해군본부 내에 있는 공원으로 다른 나라로부터 들여온 신기한 동물과 희귀 식물 등이 전시되어 있다.

해뜨는 제국 Empire du Levant   캉다아의 동쪽에 위치한 큰 제국. 서쪽에 바살다. 동쪽에는 시랑단이라는 큰 도시가 있다.

현자 위원회 Conséil des Sages   캉다아의 권력계층에 속하는 자들이 비상사태가 일어났을 때 중대한 결정을 내리기 위해 소집하는 모임. 의사결정과 집행능력을 가진다.

청소년 문학을 통한
'아니마'와 '아니무스'의 이중적 만남

우리는 흔히 청소년문학이라고 하면 그 또래 아이들에게만 한정된 것이라고 생각하는 경향이 있다. 그러나 실제로 그 장르의 문학을 그 또래들만이 읽으라는 법은 없다. 더 나아가 동화, 아동문학, 청소년문학으로 분류되는 것들을 성인이 읽지 말라는 법도 없다.

실제로 문학이라는 큰 범주에서 보자면, 동화라고 여겨질 만한 작품이 성인을 대상으로 하기도 하고, 또 그 반대의 상황도 상당히 많다.

원서로 184쪽 정도의 길지 않은 분량의 『지야라의 여행』은 원작이 출판된 프랑스에서도 청소년문학으로 분류되는 모양이다. 저자 프랑수아 플라스의 작품은 이미 한국에서 솔 출판사를 통해 소개가 되어 있기도 하다. 지도와 관련된 이국적이고 매혹적인 삽화가 함께 그려진 환상적인 여행을 담고 있는 저자의 기존 작품은 무척이나 인상적이었다. 그리고 2011년 출간된『지야라의 여행』은 또 다른 여행의 주인공이 등장하는『코르넬리우스의 여행』과 더불어 환상적인 '삽화 앨범'이 함께 묶인 장편소설로 소개되었다.

이 여행 이야기는 열다섯 살이 된 - 중학교 삼 학년 정도 - 소녀 지야라가 아버지 쳄지다드를 졸라 캉다아의 항구에서 열리는 대귀항 축제에 참여하는 것으로부터 시작된다. 그렇게 시작된 자신의 이야기를 들려주는 지야라는 소설의 마지막에 이르러 마치 바닷물과 바닷바람에 담긴 소금기를 머금은 듯 하얀 머리의 노인이 된다.

소녀였던 화자는 나디르호의 선원들에게는 전폭적인 신임을 받는 매력적인 선장이며 '돌고래 여인'이라는 애칭으로 불리운다. 그러나 그녀는 불시에 캉다아를 덮친 흑사병의 책임을 지고 새벽 별빛을 받으며 고향을 떠나 마치 오디세우스처럼 온 바다를 편력하는 신화적인 인물이 된다. 그 와중에 해적선을 만나 죽을 고비를 만나지만 그 사건을 넘긴 후, 이윽고 연인이 될 인물 코르넬리우스를 만나 절대적인 열정과 신뢰를 통해 행복한 결말을 맞이한다.

옮긴이가 이 소설을 처음 읽었을 때, 산골 출신의 말괄량이 소녀의 눈을 통해 모든 것을 하나씩 보게 되었다. 하지만 이야기가 전개되어 나가면서, 이 소녀는 매력적인 처녀로, 성숙한 여인으로, 그리고 용기와 굳은 믿음을 가진 강인한 여성으로 변모해나갔다. 그러면서 중년의 남성인 옮긴이는 그녀와 더불어 자신의 내면에 잠재된 '아니마anima'를 만나게 되었다. 다시 말해, 지야라의 남성성인 '아니무스animus'와 옮긴이의 여성성인 '아니마'가 무의식의 세계에서 함께 여행하는 경험을 할 수 있었던 것이다. 이 만남은 여성과 남성의 무의식이라는 내면적인 만남에서 성 역할이 바뀌어 있는 만남이었다. 물론 이 만남은 '다른 성별'을 의미하는 이성異性의 위치에서 다른 것을 볼 수 있는 뜻밖의 좋은 경험이었다.

이러한 이성과의 만남 외에 또 다른 만남이 있었다. 그 만남은 곧 '합리적이고 분별 있음'을 의미하는 이성理性적 만남이다. 다시 말해 지야라의 성장하고 변모하는 여성성인 '아니마'와 독자로서 옮긴이의 변모하는 남성성인 '아니무스'와의 만남이라는, 서로를 통한 각자의 성별에 합당한 건강하고 행복한 만남이었다.

독자 여러분보다 시간적으로 먼저 이루어진 옮긴이의 읽기 경험에 따르면 『지야라의 여행』은 위와 같은 이중적인 만남을 제시하는 무척 흥미 있는 독서 시간을 선사할 것으로 기대된다. 조금은 역설적이고 색다르긴 하지만, 이 소설은 감성感性이 풍부한 청소년 독자들에게는 이성異性을 만나고 이해하는 경험을, 이성理性이 풍부한 성인 독자들에게는 자신 속에 잊혀졌던 이성異性을 만나고 이해하는 경험을 주는 것이 아닌가 생각된다. 물론『코르넬리우스의 여행』이라는 남성 주인공이 등장하는 소설 작품은 『지야라의 여행』에 대한 훌륭한 거울이 될 것으로 기대한다.

내 사랑하는 두 아이, 성곤이와 성은이도 앞으로 성장하면서 여러 만남들을 경험할 것이다. 이 아이들이 현실에서의 이성異性을 만나는 것도 중요하겠고, 아울러 다양한 책 읽기를 통해 자신 속에서도 이성異性과 이성理性을 만나길 기도한다.

2013년 봄
김용석

옮긴이 공나리

한국외국어대학교 불어교육학과를 졸업하고 같은 대학교 불어과에서 박사과정을 수료하였다. 현재 대덕대학에 출강 중이며 옮긴 책으로는 『오르배 섬 사람들이 만든 지도책』(전 6권), 『파워 DJ 브뤼노의 클래식 블로그』, 『부모가 헤어진대요』, 『헤어지기 싫어요!』, 『철학 기초 강의』, 『호모 사피엔스에서 인터랙티브 인간으로』 등이 있다.

옮긴이 김용석

한국외국어대학교 불어과를 졸업하고 같은 대학교 불어불문학과에서 박사학위를 받았다. 현재 한국외국어대학교에 출강하고 있으며, 프랑스 인문학 연구모임 '시지프'의 일원으로 활동하고 있다. 옮긴 책으로는 『사르트르와 카뮈: 우정과 투쟁』, 『새로운 강대국, 중국』, 『캉디드 혹은 낙관주의』, 『현자에게는 고정관념이 없다: 철학의 타자』, 『잘난척하는 철학자를 구워삶는 29가지 방법』, 『값싼 석유의 종말, 그리고 우리의 미래』 등이 있다.

오르배 섬의 비밀_지야라의 여행

1판 1쇄 인쇄 2013년 6월 14일
1판 1쇄 발행 2013년 7월 5일

지은이   프랑수아 플라스
옮긴이   공나리, 김용석
펴낸이   임양묵
펴낸곳   솔출판사
책임편집   홍성화
편집   정은주
제작관리   황지영, 홍성화

주소   서울시 마포구 서교동 342-8
전화   02-332-1526~8
팩시밀리   02-332-1529
홈페이지   www.solbook.co.kr
이메일   solbook@solbook.co.kr
출판등록   1990년 9월 15일 제10-420호

ISBN   978-89-8133-311-9 04860
           978-89-8133-314-0 (세트)
• 이 도서의 국립중앙도서관 출판시 도서목록(CIP)은 e-CIP 홈페이지
  (http://www.nl.go.kr/ecip)에서 이용하실 수 있습니다.
  (CIP제어번호: 2013007726)
• 잘못된 책은 구입한 곳에서 바꿔드립니다.
• 책값은 뒤표지에 표시되어 있습니다.

이브 브라자딘의
오르배 섬 지도

안개강

인디고 섬

구름풀 바다

오르배

흑진주 해협의 지도